KB026739

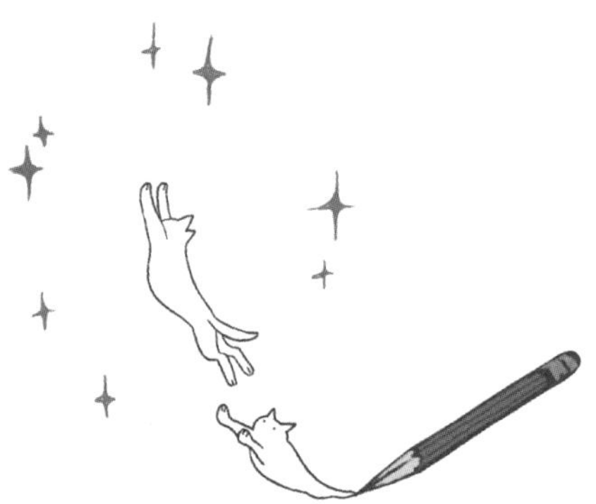

독고솜에게 반하면

허진희 장편소설

문학동네

차례

나는 독고솜이야말로

사건의 주인공이 될 만한 자격을 갖췄다고 생각했다.

그 애는 항상 사건의 중심에 있었으니까.

탐정 서율무

명탐정의 옆자리

독고솜. 나는 그렇게 피부가 흰 아이를 본 적이 없었다. 새까맣고 긴 머리카락 때문인지 얼굴이 하얗다 못해 창백해 보일 정도였다. 오밀조밀하면서도 또렷한 이목구비도 자꾸 쳐다보게 만드는 매력이 있었다. 독고솜은 전학 오자마자 아이들의 시선을 사로잡아 버렸다. 어쩐지 곁을 주지 않는 듯한 태도 역시 호기심을 자극하기에 충분했다. 나는 독고솜이야말로 사건의 주인공이 될 만한 자격을 갖췄다고 생각했다. 다만 말수가 적고 얌전한 편이어서 뭔가 극적인 상황을 기대하는 건 무리인가 싶었다. 하지만 그건 괜한 걱정이었다. 독고솜은 항상 사건의 중심에 있었으니까.

"독고솜은 걱정해 줄 필요가 없다니까."

박선희가 말했다. 박선희는 우리 반 여왕 단태희 옆에 찰싹 붙어 다니는 아이다. 단태희가 거느리는 애들 중에서 박선희가 가장 실없긴 하지만 그래도 박선희 입에서 흘러나오는 정보들을 무시할 수는 없다.

"내가 걔랑 친구도 아니고, 걱정을 왜 해? 그냥 궁금해서 그러지."

나는 일부러 탐정 수첩을 얼굴 가까이 올려 들었다. 겉표

지에 탐정 수첩이라고 써 있지는 않지만, 박선희는 이게 뭔지 잘 알고 있다. 입학식 날, 처음 본 순간부터 관심을 보였으니까. 박선희는 모든 사건에 끼고 싶어 한다.

"율무 너 탐정 어쩌고 하는 거 여왕이 싫어하는 거 같더라. 유치하다고."

"싫어하라지. 탐정은 그런 거에 굴하지 않아."

박선희는 아주 잠깐 내가 조금 멋있다는 듯이 쳐다보더니, 이내 입을 삐죽하며 깐족댔다.

"지금까지 해결한 사건이 하나라도 있어? 맨날 엉터리면서."

"있거든?"

"뭐?"

내 첫 사건은 5학년 때 같은 반이었던 영미라는 아이의 책상 위에 매일 아침 꼽등이를 올려놓는 범인을 찾는 거였다. 나는 그 사건을 '수수께끼 꼽등이 사건'이라고 명명하고 해결해 냈다. 하지만 굳이 박선희에게 내 업적을 떠벌리고 싶지 않았다. 있는 듯 없는 듯 해야 탐정으로서 이런저런 관찰을 하기가 편한 법이다.

게다가 영미랑은 또 같은 중학교에 같은 반이 되었다. 영미는 자기 이름이 언급되면 단박에 얼굴이 새빨개질 정도로 수줍음이 많은 아이이다. 나는 그런 의뢰인을 배려할 줄 아는 탐정이고……. 한번 의뢰인은 영원한 의뢰인이다. 설령 그 의뢰인이 내게 사건을 의뢰한 적이 없다 해도 말이다.

"그냥 뭐……."

나는 대충 얼버무리며 탐정 수첩에 뭔가 아주 중요한 것을 쓰는 척했다. 박선희는 그런 날 가만히 쳐다보더니 어깨를 으쓱하며 말했다.

"그런데 이번 교과서 사건은 진짜 여왕이 시킨 거 아니야."

"시키기 전에 누가 알아서 충성한 건 아니고?"

"그랬다면 자기가 했다고 어떻게든 티를 냈을 텐데, 다들 안 했다고 하니까."

독고솜이 전학 온 지 얼마 되지도 않았을 때 단태희는 이미 자신의 힘을 보여 준 적이 있었다. 바로 우리 반의 중요한 이벤트 중 하나인 자기소개글에 손을 댄 것이다.

둥그런 얼굴에 검은 머리보다 흰머리가 더 많은 담임은 우리를 마냥 초등학생 다루듯이 했다. 이제 어엿한 중학생인데도 자기소개글 같은 걸 꾸며서 전시하는 건 순전히 담임 때문이었다. 담임은 반 아이들이 자기소개글을 통해 서로 더 알아 가고 친해지길 바란다고 했다. 결국 우리는 한 명씩 돌아가면서 자기소개글을 만들고 그걸 교실 뒤편 보드에 보름 동안 붙여 놓아야 했다.

그런데 막상 이벤트가 시작되자 아이들은 생각보다 훨씬 열심이었다. 심지어 박선희 같은 떠버리는 남들의 네 배 분량으로 소개글을 써 붙였다. 하지만 아무리 단태희와의 친분을 자랑하고 생일 파티에 반 친구들을 모두 초대하겠다고 호언장담하고 애들이 좋아할 만한 귀여운 동물 사진을 잔뜩 붙여 놓아 봤자 그렇게 구구절절 써 놓은 글에는 아무도 관심을 가지지 않는 법이다. 물론 내 경우는 달랐지만.

나는 소개글이 하나씩 붙을 때마다 허투루 넘긴 적이 한 번도 없었다. 명탐정을 꿈꾸는 내게는 그 모든 소개글이 그렇게 흥미롭게 느껴질 수가 없었다.

아무튼, 전학생도 예외는 아니라 독고솜도 자기소개글을 붙였는데 웬걸, 한눈에 봐도 정말 최선을 다해서 준비했다는 걸 알 수 있는 모양새였다. 꾸미기도 잘했지만, 무려 코팅까지 해 왔기 때문이다. 게다가 내용도 눈길을 끌었다. '취미 청소! 특기 청소! 좋아하는 색 검은색!!' 반복되는 느낌표에 나도 모르게 웃음이 났다. 첫인상과는 전혀 다른 분위기에 호기심이 더욱 커졌다. 전학생에 대해 궁금해하는 다른 아이들도 독고솜의 자기소개글 앞에서 떠날 줄을 몰랐다. 그런 상황을 단태희가 좋아할 리 없었다.

다음 날 나는 모처럼 일찍 등교했다. 하지만 일 등은 아니었다. 나보다 먼저 온 독고솜이 텅 빈 교실 뒤편 보드 앞에 우두커니 서 있는 모습이 보였다. 인기척을 느낀 독고솜은 천천히 몸을 돌려 나를 보았다. 나는 인사를 건넬 때를 놓치고 얼쯤얼쯤하다가 독고솜이 말없이 자리로 가서 가방을 뒤적거리길래 나도 내 자리에 앉아 버렸다.

"독고솜 얼굴에 구멍 났다."

일 교시 시작 전에 박선희가 내 어깨를 툭 치며 말했다. 뒤를 돌아보니 보드 앞에서 아이들이 웅성거리고 있었다. 얼른 아이들 틈을 비집고 들어가 사건 현장에 섰다.

박선희의 말대로였다. 누가 예쁘게 코팅된 독고솜의 사진에 꾹꾹 구멍을 낸 것이다. 구멍 크기로 봤을 때 컴퍼스로 찌른 게 분명해 보였다. 나는 재빨리 탐정 수첩에 상황을 기록했다. 컴퍼스는 반 아이들 대부분이 가지고 있을 터라 단서가 되기는 어려웠다. 근데 내가 제대로 된 추리를 하기도 전에 박선희가 소곤거렸다. 내가 구멍 냈어. 여왕이 시켜서.

"시킨다고 그걸 하냐?"

탐정은 중립을 지켜야 하지만, 어쩐지 이번에는 박선희에게 뭐라고 해 주고 싶었다. 그런데 박선희는 어깨를 으쓱하며 오히려 내가 뭘 모른다는 듯이 쳐다보았다.

"여왕이 그랬어. 독고솜은 마녀라고."

나는 뭐라고 대꾸해야 할지 몰라 입을 벌린 채 멀뚱멀뚱 박선희를 쳐다보았다.

문득 구멍 난 자기소개글 앞에 동그마니 서 있던 독고솜의 모습이 생각났다. 인사를 했어야 했는데.

"독고솜, 예전에도 이 근처에 살았었대. 어디 멀리 이사 간 줄 알았는데 갑자기 돌아와서 여왕도 놀랐나 봐. 하긴 당연히 놀랐겠지. 마녀가 돌아왔는데. 여왕은 직접 다 봤다잖아."

박선희가 으스스한 얘기를 하는 듯이 소곤거렸다.

"독고솜 엄마는 맨날 시꺼먼 드레스만 입고 머리도 까맣게 길고 동네 사람들한테 욕도 하고 다니고……."

"독고솜 엄마도 마녀라고? 네 눈으로 직접 본 건 없고?"

탐정의 의무감 때문에 어쩔 수 없이 장단을 맞춰 주었지만 독고솜에 대한 말들은 하나같이 미심쩍기 그지없었다. 박선희는 슬쩍 내 눈을 피하면서 말을 이었다.

"마녀겠지. 욕도 하고 저주도 하고 그랬다던데. 근데 독고솜은 진짜 마녀가 맞대. 친구도 한 명 없고 맨날 길고양이들만 몰고 다니고. 독고솜이 대문을 열면 갑자기 고양이들이 백 마리도 넘게 나타나서 독고솜네 집 안으로 들어간다는 거야. 여왕이 몰래 그 집 마당을 들여다본 적이 있는데 글쎄 그 많은 고양이들이 공중에 매달려 있더래. 독고솜은 그걸 보면서 웃고 있고. 여왕 말로는 그렇게 사악한 미소는 본 적이 없다고, 정말 무서웠다고 했어. 그러니까 독고솜 걔는 걱정해 줄 필요 없어. 걔랑 어울리기라도 했다간 오히려 우리가 무슨 일을 당할지 모른다고."

나는 탐정 수첩에 기록하길 포기하고 한숨을 쉬며 물었다.

"그래서 넌 그걸 다 믿는다는 거지?"

"그럼 넌 안 믿어?"

박선희는 무서운 건지 재미있는 건지 알 듯 말 듯 한 표정을 지으며 말했다.

독고솜의 사진에 난 구멍은 일종의 메시지였다. 단태희가 아이들에게 보내는 메시지. 그리고 메시지를 퍼뜨리는 역할은 박선희가 맡았다. 박선희는 얻어들은 말에 살을 더해 사방팔방에 떠들고 다니면서 소문을 조장했다. 어떨 때는 마치 단태희와 독고솜이 한번 맞붙길 바라는 사람처럼 보일 정도로 눈을 반짝이며 재잘거렸다. 하여튼 고놈의 입. 하지만 결코 무시할 수 없는 입이었다. 그 입에서 나오는 말들이 누구의 뜻을 전달하는 건지 모르는 애는 없었다.

'독고솜은 마녀'라는 전언 아래 숨겨진 뜻은 바로 먹혀들었다. 반 아이들은 박선희가 나르는 소문을 들었고, 들은 대로 믿었다. 설령 믿지 않아도 믿는 척했다. 단태희의 의중을 살피는 아이들의 레이더는 언제나 아주 예민하게 반응했으니까. 독고솜에게 관심을 보이던 아이들도 이내 몸을 사리기 시작했다.

아이들은 점점 독고솜이 진짜로 불길하고 무서운 존재인 양 행동했다. 이상하기도 하지. 독고솜과 어울리지 말라는 메시지만 받아들여도 되었을 텐데 왜 그렇게까지 한 걸까? 어쩌면 애들도 마음이 편하지만은 않아서, 어떻게든 자신들의 행동을 정당화하고 싶은 건지도 모른다. 한 사람에 대해 좀 더 알 수 있는 기회를 너무 쉽게 포기해 버렸으니까.

"독고솜 교과서에 이게 무슨 일이지?"

교과서 사건은 수업 중 담임의 놀란 목소리로 시작되었다. 독고솜 자리를 지나가던 담임이 책상 위에 펼쳐진 독고솜의 교과서를 쳐다보고 있었다. 책의 중간 부분이 휑하니 찢어져 있었다. 누가 힘을 주어 손으로 뜯어낸 것 같았다. 독고솜의 자기소개글에 구멍이 난 지 얼마 지나지 않았을 무렵이었다.

"책 상태가 왜 이렇지?"

독고솜은 낮은 목소리로 모르겠다고 대답했다. 담임은 다른 책들도 꺼내 보라고 했고, 독고솜은 시키는 대로 했다.

"다른 책들도 다 뜯어 갔네."

담임 목소리가 떨렸다. 아이들도 모두 긴장하는 기색이 역력했다. 다들 자신에게 불똥이 튈까 봐 걱정하는 눈치였다. 담임은 분명 누가 그랬는지 알아내려고 할 테고, 범인이 나올 때까지 반 분위기가 뒤숭숭할 건 불 보듯 뻔했다.

담임은 삼 일의 시간을 주겠다고 했다. 삼 일 안에 자신을 찾아온다면 반 친구들이 함께 혼나는 일은 없을 거라고 했다. 과연 범인이 자백을 할지는 알 수 없었지만, 나는 담임보다 빨리 범인을 찾고 싶었다.

"나 큰일 났다."

교과서 사건은 여왕이 시킨 일이 아니라고 큰소리쳤던 박선희가 겨우 하루 지났는데 울상이 되어 나를 찾아왔다.

"여왕이 나보고 자수하래."

"이번에도 네가 그랬던 거야?"

"아니라니까!"

"그럼 왜 너한테 그래?"

"여왕이 그랬대."

망했다. 박선희 덕분에 난 또 수사를 시작도 못 했다. 범인은 왜 자꾸 박선희 입에서 나올까.

"그래서 너보고 뒤집어쓰라는 거야?"

"그런 거지."

"넌 또 단태희가 시키는 대로 할 거고?"

"그럼 별수 있냐?"

박선희는 또 내가 뭘 모른다는 듯이 쳐다보았다.

그렇게 교과서 사건은 공식적으로는 박선희가 저지른 것으로 결론 났지만, 나는 찜찜한 마음을 떨쳐 낼 수가 없었다. 정말 단태희가 그랬을까? 도대체 왜? 눈짓만 해도 알아서 해 줄 애들이 있는데 굳이……. 탐정 수첩을 몇 번이고 꼼꼼히 읽어 봤지만 단태희가 왜 그렇게까지 직접 손을 썼는지 알 수가 없었다. 그래도 독고솜에게는 단태희가 한 짓이라고 알려 주고 싶었다.

다음 날 나는 최대한 서둘러서 일 등으로 등교했다. 독고솜은 이 등이었다. 교실 뒷문으로 들어서던 독고솜은 나를 흘끗 쳐다보곤 자리에 가 앉았다. 나는 탐정 수첩을 두 손에 꼭 쥔 채 독고솜 앞으로 걸어갔다. 그리고 용기를 내어 처음으로 말을 걸었다.

"솜이야!"

독고솜이 고개를 들었다.

"나 너한테 할 말 있어!"

까맣고 진한 솜이의 눈동자가 내 가슴께 탐정 수첩을 뚫어져라 쳐다보았다.

"교과서 범인은 박선희가 아니라고?"

독고솜이 싱긋 미소를 지으며 말했다. 그 미소에 갑자기 가슴이 두근거리기 시작했다.

"어떻게 알았어? 범인은 바로……."

그때 독고솜이 자리에서 벌떡 일어났다. 어쩐지 살짝 신이 난 듯했다.

"얘기할 필요 없어. 누가 한 짓인지는 이미 알고 있으니까."

"박선희가 얘기했어?"

"그럴 리가. 난 박선희가 너한테 말하기 전에도 범인이 누구인지 알고 있었지."

"박선희가 나한테 얘기한 건 어떻게 알았어?"

독고솜이 탐정 수첩을 가리키며 말했다.

"거기 네가 써 놨잖아."

나는 당황해서 탐정 수첩을 더 꼭 쥐었다.

"너 귀엽다."

순간 얼굴이 달아올랐다.

독고솜이 소리 내어 웃자, 탐정 수첩이 공중으로 붕 날아오르더니 차르르 책장이 넘어갔다. 당황해서 수첩을 잡으려고 하는데 독고솜이 살며시 내 손을 잡았다. 나보다 더 작고 따뜻한 손이었다.

"기분이 좋으면 이렇게 돼 버려."

독고솜 가방이랑 교실의 책상, 창가 화분까지 한꺼번에 공중에 두둥실 떠올랐다. 아침 햇살에 반짝이는 건지 떠오른 것들은 다 반짝이게 되는 건지 알 수 없었지만, 의자랑 교탁이랑 급훈 액자까지도 붕 떠올라 보석처럼 반짝거렸다. 그러자 마치 눈에 뭐가 씐 것처럼 세상이 다른 색으로 보였다. 미지의 세상에 훅 들어온 기분! 스르르 다리에 힘이 풀리고 발바닥이 간질간질해지더니, 제멋대로 어깨가 들멍댔다. 금방이라도 훌훌 날아오를 것같이 가뿐한 느낌이 들던 바로 그 순간,

"어어……."

몸이 동실 솟아올랐다. 나도 모르게 웃음이 터졌다. 나는 독고솜의 작은 손에 잡힌 풍선처럼 살랑거렸다. 이젠 믿을 수밖에 없었다. 독고솜이 마녀라는 사실을.

"솜이라고 불러 줘서 고마워, 명탐정."

독고솜은 계속 내 손을 잡고 있었다. 조금은 수줍어 보이는 표정으로. 다시 생각해 보니 독고솜은 사건의 주인공보다는 명탐정의 파트너로 더 괜찮을 것 같다는 생각이 들었다. 아, 기분 좋을 때는 주위를 좀 살펴야겠지만.

그날 난 독고솜에게 왕의 자리를 뺏겼다.

그 사실을 아는 건 독고솜과 나

그리고 고양이들뿐이었다.

여왕 단태희

힘을 다루는 방법

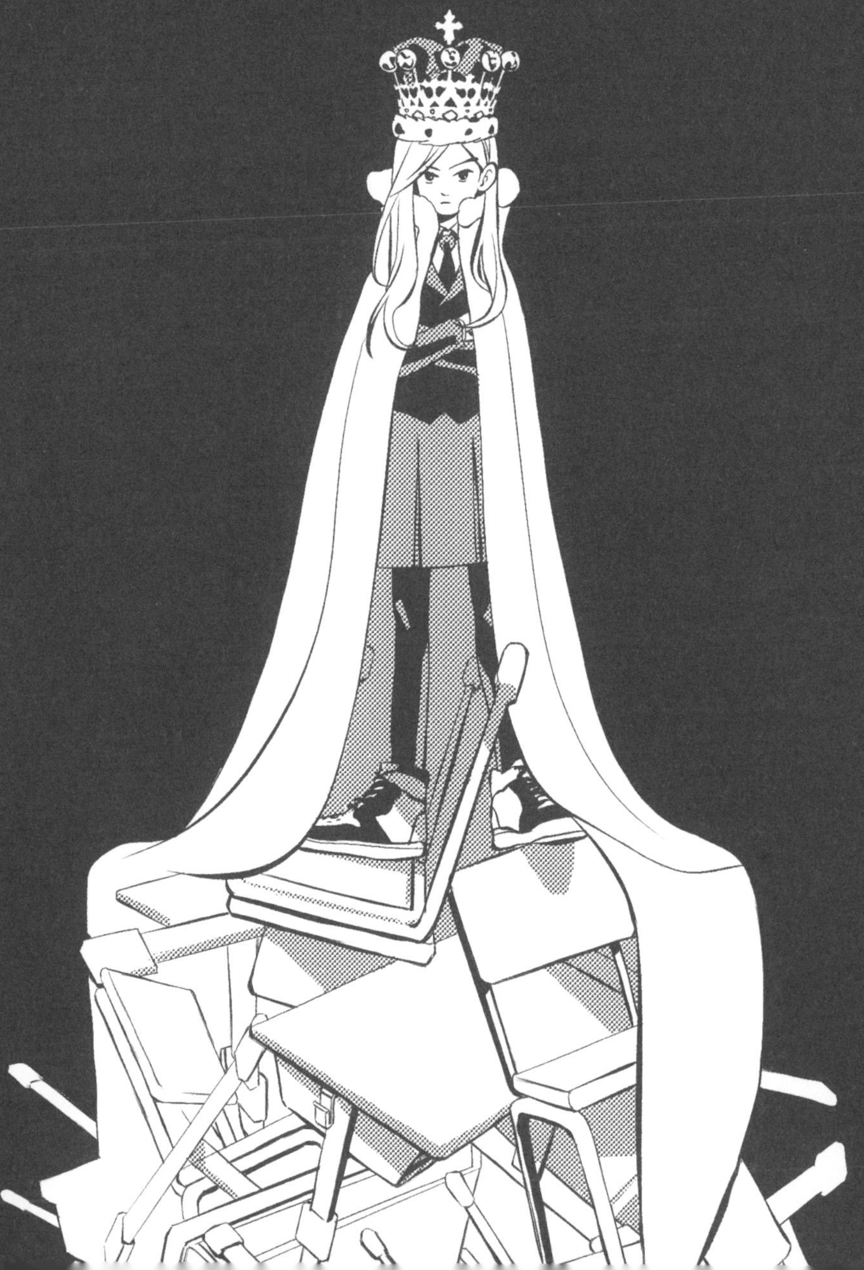

"우리 왕자님, 고생했어요."

엄마가 현관에서 두 팔 벌려 단진이를 맞이한다.

밤 열 시, 단진이가 학원을 마치고 집에 돌아오는 시간이 되면 엄마는 베란다 창가에 서서 아파트 단지 입구만 하염없이 바라본다. 아들이 가로등 불빛을 받으며 그 훤칠한 모습을 드러내길 기다리는 것이다. 여기서 훤칠하다는 표현은 순전히 엄마의 믿음에서 비롯된 형용사이다. 내가 아는 한, 단진이를 그렇게 생각하는 사람은 아무도 없다. 아빠조차도 그렇게 생각하지 않는다. 단진이는 나보다 두 살이 많은데도 나와 키가 비슷하고 체격도 왜소하다. 가족이니까 좋게 봐준다고 해도 그냥 좀 곱상한 정도. 이쯤이면 눈치챘겠지만, 단진이는 내 오빠다. 엄마의 사랑, 엄마의 희망, 엄마의 모든 것……. 그게 단진이다.

"출출하지? 씻고 간식 먹을까?"

입이 짧은 단진이가 밤늦게 뭘 먹겠다고 한 적이 없어도, 엄마는 지치지도 않고 매일 똑같이 묻는다. 단진이가 대답 없이 고개만 저어 보이고 방으로 들어가 버리는 것도 이해가 안 가는 건 아니다. 매사 엄마와 언쟁을 벌이는 나와 비교하면 단진이는 득도한 게 아닌가 싶을 정도로 엄마를 자연스럽게 무시할 줄 안다. 원래 말수가 적기도 하지만, 엄마 앞에선 말이 더 적어진다. 그런 걸 보면 아예 바보는 아닌 것 같다. 엄마가 믿는 것만큼 똑똑하진 않아도 내가 짐작하는 것만큼 멍청하지도 않은 것 같다는 생각이 가끔, 아주 가끔 들 때가 있다.

단진이가 씻는 동안 엄마는 간식을 준비한다. 우리 엄마만 이러는지 다른 엄마들도 다 똑같은지 궁금하다. 자식이 노라고 외쳐도 예스라고 접수하는 것. 일단 미운 자식 예쁜 자식 구별해서 그러는 건 아닌 거 같다. 그런 이상한 고집은 내게도 똑같이 적용되니까.

내가 피아노는 적성에 안 맞는다고 아무리 말해도 엄마는 절대 그럴 리가 없다고 한다. 어릴 때 분명 절대음감이었던 내가 재능을 썩히고 있다면서 그건 죄라는 말도 했다. 아빠가 은근슬쩍 내 편을 들어 주니까 레슨비가 아까워서 그러는 거냐고 별안간 언성을 높인 적도 있었다. 교육 문제에 관한 한 아빠는 한 발이 아니라 양쪽 발을 다 빼고 있는 상황이라, 결국 엄마 뜻대로 나는 중학생이 된 지금도 피아노 레슨을 받고 있다. 그치만 내가 엄마한테 졌다는 생각은 하지 않는다. 레슨을 갈 때마다 날카로운 말을 던져서 내 의사를 표현한다. 엄마도 언젠가는 나한테 두 손 다 드는 날이 올 거다. 나는 그날을 기다린다.

"남자애들은 몸을 힘들게 해서 그렇지 머리 아픈 건 없잖아. 여자애들은 진짜 피곤하다니까. 엄마랑 심리전하고 머리

싸움하려 들고……. 넌 아들만 둘이니 얼마나 좋니.”

언젠가 엄마가 친구와 통화할 때 한 말이다. 우연히 들은 것도 아니고 몰래 엿들은 것도 아니다. 나 들으라는 듯 크게 말하니 안 들을 재간이 없었을 뿐이다.

“우리 진이는 속 썩인 적이 없었는데 태희 얘는 정말 왜 이러나 몰라. 사사건건 따지려고 들고 말대답하고 힘들어 죽겠어. 사춘기가 온 건지 아닌지도 모르겠다니까. 말문 터지면서부터 그랬으니. 이게 사춘기가 아니면 어떡하나 그것도 걱정이다. 지금보다 더하면 나더러 어쩌라고. 진이? 진이는 사춘기 그런 거 없지. 걔가 얼마나 진중한 앤데……. 진이는 걱정 안 해.”

단진이, 단진이, 단진이……. 엄마의 왕자님 단진이. 엄마는 한 번도 엄마 속을 썩인 적 없는 엄마의 왕자님이 언젠가는 보란 듯이 왕이 되어 엄마를 더욱 기쁘게 해 줄 거라고 믿는다. 하지만 그런 일은 일어나지 않을 거다. 세상 일이 어디 그렇게 호락호락한가? 왕은커녕 왕자 재목도 되지 못하는 단진이가 무슨 수로 왕이 되느냐는 말이다. 엄마는 아들의 성격이 온화해서 다툴 일을 만들지 않는다고 생각하지만 단진이가 싸우지 않는 이유는 딱 하나다. 질까 봐 겁이 나서.

그러니, 왕의 자리는 단진이가 아닌 바로 나, 오직 단태희만을 위한 것인데 엄마만 그걸 모르고 있다.

내 기억 속의 나는 또래 아이들과 어울리기 시작할 때부터 이미 왕의 자질을 지니고 있었다. 동네 놀이터에서도, 유치원에서도, 초등학교에서도 나는 언제나 무리의 우두머리였다. 어떻게 그럴 수 있었냐고 묻는다면 이렇게 대답하련다. 그러지 않는 편이 더 어려웠다고.

나는 항상 내 나이 아이들보다 조숙했다. 머리 회전도 빠르고 말도 조리 있게 잘하는 데다가 꽤 눈에 띄는 외모도 타고났으니 인기가 없으려야 없을 수가 없었다. 여자애들은 나를 따랐고 남자애들은 감히 날 건드리지 못했다. 어릴 적에는 힘이 센 덕에 누구에게도 기죽지 않았고 학교에 들어가면서부터는 머리를 잘 굴린 덕에 모두의 존중을 받았다.

선생님들도 내 편이었다. 나 같은 애를 반장으로 두어야 일이 수월하게 돌아가니까. 사실 내게는 또래보다 선생님이 더 다루기 쉬운 상대였다. 선생님들은 보수적이고 확실한 자기 기준이 있었기 때문에 어디로 튈지 모르는 애들보다 훨씬 상대하기 쉬웠다.

아무튼, 무리에 나 같은 우두머리가 생기면 자발적이든 아니든 모두 자신의 힘을 조금씩 떼어 우두머리에게 건네게 된다. 박선희 같은 애들은 자기들이 내게 내준 힘이 얼마나 귀한지도 잘 모른다. 내가 건네받은 힘은 그 애들의 의지다. 다른 사람의 말대로 하지 않을 의지. 나라면 절대로, 아무에게도 건네지 않을 중요한 힘이다.

그 애들을 비웃을 생각은 없다. 다들 잘 알고 있는 것이다. 자신들이 약하다는 사실을. 그 애들은 노력하기 싫다거나 노력해 봤자 안 된다거나 하는 여러 가지 이유로 강해지길 포기해 버렸다. 그러다 이제는 자기 힘을 돌려받을 엄두도 내지 못한다. 결국 각자 자기 자리가 있는 법이라는 생각이 든다. 그렇지 않은가? 모두 왕이 되길 원한다면 세상이 어떻게 돌아갈지 생각만 해도 골치 아프다.

"태희 너, 그거 들었어? 우리 반에 전학 오는 애 있다는 거."

"그래?"

박선희는 여기저기서 온갖 이야기들을 잘도 듣고 온다. 그게 박선희를 멀리할 수 없는 이유다.

"2학기에 전학하는 애가 다 있어, 그치? 어쩌려고."

박선희가 호들갑스럽게 말했다.

"사정이 있나 보지."

나는 경망스러운 건 딱 질색이라 차분하게 대꾸했다.

"분위기 파악 잘 못하는 애면 귀찮잖아."

마치 자신이 할 일이 생겼다는 듯이 벌써부터 들썩대는 박선희를 보니 허튼짓하지 않게 단속해 놓아야겠다는 생각이 들었다. 나는 입술을 자그시 깨물며 미소를 지어 보였다.

"선희야."

"응?"

"가뜩이나 낯설 텐데, 적응 잘하게 우리가 도와줘야지."

"어? 으응."

힘이란 그렇게 마구잡이로 쓰는 게 아니란다, 선희야. 힘을 언제 쓸지는 아주 신중하게 결정해야 해. 나는 당황한 표정의 박선희를 보며 미소를 잃지 않았다. 박선희는 한풀 꺾인 기세로 말을 이었다.

"아무튼, 걔 이름은 알아 왔어. 독고솜. 성이 독고, 이름이 솜이래."

"뭐?"

독고솜……. 박선희는 아무 기억도 하지 못하는 듯 태연하게 그 이름을 소리 내어 말했다. 하지만 나는 똑똑히 기억하고 있었다.

독고솜이라니, 이렇게 다시 불쑥 내 인생에 나타날 줄은 꿈에도 생각하지 못했는데.

삶이 순조로운 듯하면서도 따분하게 이어지고 있던 열 살의 여름에 나는 독고솜을 처음 보았다. 독고솜네 가족이 우리 동네로 이사 왔기 때문이다. 가족이라고 해 봤자 독고솜과 독고솜의 엄마, 둘뿐이었고 이삿짐을 실은 차가 오간 것도 모를 정도로 단출한 살림이었다.

동네 사람들은 새로 온 이웃의 집을 기웃거리며 엄마에게 이런저런 정보를 가져다주었다. 가끔 젊은 남자가 드나든다느니, 독고솜이 그 남자를 삼촌이라고 부르는 소리를 들었다느니 하는 자질구레한 소문이었다.

"남자는 그래도 정상 같다던데."

엄마는 그렇게 말하고는 고개를 절레절레 흔들었다. 영 마음에 차지 않는 새 이웃을 떠올린 게 분명했다.

“자기 누나가 제정신이 아닌 것 같으니 오며 가며 들르는 거겠지.”

엄마는 늘 많은 것들을 못마땅해하지만 당시 가장 못마땅하게 여겼던 상대는 바로 새로 이사 온 이웃 여자, 독고솜의 엄마였다. 검고 긴 머리를 늘어뜨리고 챙이 넓은 검은 모자를 쓰고 발목까지 내려오는 검은 드레스를 입고 다니는 정체불명의 낯선 이웃은 엄마 기준에서 도저히 받아들이기 힘든 수상한 인물이었다. 인사차 떡을 돌리기는커녕 가끔 마주쳐도 웃음기 없이 고개만 까닥할 뿐이니 엄마가 고운 시선으로 볼 리 만무했다.

하지만 내가 보기에 엄마가 가장 열받는 부분은 따로 있었다. 문제의 이웃집 여자가 엄마에게 눈곱만큼의 관심도 없었던 것이다. 엄마가 어떤 위치에 있는지, 어떤 힘을 발휘할 수 있는지, 그토록 신경 쓰지 않는 이웃은 처음이었다. 무시당했다고 생각한 엄마는 속이 끓어오르다 못해 터질 지경이었다.

솔직히 그런 엄마의 모습이 좋게만 보이진 않았다. 하지만 지금은 안다. 내 세상의 규칙에 금이 갔을 때 느끼는 불안감, 좌절감 그리고 분노 같은 감정들을 통제하는 게 얼마나 어려운지.

엄마는 엄마의 세상에서 왕이었다. 엄마의 세상에는 엄마가 만든 규칙이 있었다. 적어도 내가 아는 한, 동네 사람들도 친척들도 지인들도 그 규칙을 건드린 적이 없었다. 뒤에서 뭐라 하는 사람은 있을 수 있어도 대놓고 그러는 건 본 적이 없었다.

'아무도 왕을 무시할 수 없다.'

이것이 규칙이라면

'무시당하는 순간, 왕의 자리를 뺏기고 만다.'

이것은 진리다.

엄마의 새 이웃은 규칙을 어기고 왕좌를 흔들었다. 그리고 이제 막 왕으로서의 자각이 시작된 그 무렵, 나의 새 이웃 독고솜도 내 자리를 뒤흔들어 놓았다.

그 일이 있던 날은 유난히 하늘이 흐리터분했다. 창밖으로 보이는 풍경이 한없이 기분을 가라앉게 만들어서, 꾀병을 부려서라도 집 밖에 나가고 싶지 않은 날이었다. 하지만 학교에 가지 않을 수는 없었다. 새 학기가 시작되면서 신경 써야 할 것들이 더 많아진 터라 쉴 틈이 없었다. 그때는 내가 없으면 학교가 제대로 돌아가지 않는다고 생각했다. 요령이 없던 시절이라 일일이 아이들을 대면하고 일을 시켰다. 나는 침대 위에 누운 채 머릿속으로 그날의 할 일을 그려 보며 기지개를 켰다.

그때였다.

"아악!"

밖에서 웬 비명 소리가 들렸다. 깜짝 놀라 일어나 창밖을 보니 반쯤 열린 대문에 몸이 낀 듯이 서 있는 엄마의 뒷모습이 보였다. 손에는 플라스틱과 공병 등이 가득 담긴 비닐봉투가 들려 있었다. 재활용 쓰레기를 버리려고 집을 나서던 참인 듯했다.

창문에 바싹 얼굴을 대고 이리저리 살펴보았지만 엄마를 놀라게 한 게 무엇인지는 엄마의 몸에 가려 보이지 않았다. 나는 재빨리 방에서 뛰어나갔다. 잠옷 바람의 아빠와 단진이도 거실로 뛰어나와 어리둥절한 표정으로 서로 쳐다보았다.

"이게 무슨…… 무슨 소리냐?"

아빠가 부스스한 머리를 긁적이며 말했다.

"엄마 아니에요?"

단진이가 웅얼거렸다.

"엄마?"

"엄마 목소리 같기도……."

더 들어 볼 필요도 없는, 무익한 대화였다. 나는 제꺽 몸을 돌려 현관문을 열고 마당으로 나갔다.

손에 들고 있던 봉투만 바닥에 떨어뜨렸을 뿐, 엄마는 아까 자세 그대로 서 있었다. 나는 조심스레 엄마에게 다가갔다.

"엄마?"

아무 반응이 없었다. 엄마를 이토록 얼어붙게 만든 것의 정체가 무엇인지 더욱 궁금해졌다. 막 엄마 등에 손을 대려는 찰나였다.

"엄마, 왜……."

뒤따라 나온 단진이가 입을 열었고 그 순간 내 말에는 꿈쩍도 하지 않던 엄마의 몸이 감전이라도 된 듯이 흠칫했다. 엄마는 어깨를 바들거리며 외쳤다.

"오지 마!"

엄마의 목소리는 필사적이었다. 그리고 목소리만큼이나 필사적인 몸짓으로 문을 끌어당겨 닫고 홱 몸을 돌렸다. 대문에 등을 대고 막아선 엄마의 모습은 아무도 그 문밖으로 나가지 못하게 할 것처럼 비장해 보였다. 하지만 그건 나의 착각이었다.

"진이야, 얼른 들어가."

엄마가 지키려는 사람은 오직 단진이뿐이었다. 나는 허옇게 질린 엄마의 얼굴을 쏘아보며 물었다.

"엄마! 뭔데?"

"태희 너도 들어가고. 진이 너 얼른 들어가래도!"

날카로운 엄마의 말투에 단진이가 슬금슬금 뒷걸음질 쳤다. 아빠는 단진이의 어깨를 토닥이며 어서 들어가라고 손시늉을 하고는 성큼성큼 엄마를 향해 다가왔다.

"진짜 뭔데 그래?"

아침부터 웬 호들갑이냐는 책망도 조금 섞인 목소리였다.

"나, 보고도 못 믿겠다. 저게 뭔지."

단진이가 현관문을 닫고 들어가는 모습을 확인한 후에야

엄마는 가슴을 쓸어내리며 대답했다.

"비켜 봐. 뭔지 보게."

아빠가 휘휘 손짓하자 엄마는 잠시 망설이다가 옆으로 물러났다. 아빠는 문 앞에 서서 나를 한번 쳐다보고는 다시 엄마 쪽으로 고개를 돌렸다. 태희는 있어도 괜찮냐고 묻는 것처럼 보였지만 엄마는 알아차리지 못하는 눈치였다. 가볍게 한숨을 내쉰 아빠가 한 손으로 문을 쓱 밀어 내었다. 천천히 대문이 열렸다.

천천히, 아주 천천히.

문이 열리는 속도에 맞추어 내 눈이 조금씩 커졌다.

엄마 말처럼, 보고도 못 믿을 무엇이 서서히 모습을 드러냈다.

"뭐야, 저게?"

기겁한 목소리로 아빠가 물었다. 정말 몰라서 묻는 건 아니었다. 세상에 그게 뭔지 모르는 사람은 없을 테니까.

통통한 잿빛 몸통에서 뻗어 난 가느다란 네 개의 다리로 도시 구석구석을 돌아다니고, 채찍 같은 날렵한 꼬리를 휘저으며 쓰레기 더미와 하수구를 뒤지는 작은 포유류. 적어도 우리 가족의 눈에는 전혀 매력적이지 않은 생명체였다. 그런데 그런 생명체의 축 늘어진 몸이, 그것도 하나도 아니고 셀 수 없을 만큼 많이, 산더미처럼 쌓여 있었으니…….

"누가 이런 짓을……."

순식간에 아빠의 얼굴이 울그락불그락해졌다.

"아니, 도대체……."

아빠가 격앙할수록 엄마의 낯빛은 차분해졌다. 질린 표정으로 쥐 무덤을 노려보고 있지만 좀 전보다는 훨씬 침착해진 듯이 보였다. 엄마는 한 음절 한 음절 씹어 뱉듯 말했다.

"난 알 거 같아."

"뭐?"

아빠와 나는 동시에 엄마를 쳐다보았다. 순간 엄마의 눈동자에 빛이 스쳐 지나갔는데 공포가 깃든 눈빛인지 기회를 포착한 눈빛인지 알 수 없었다. 엄마는 한 손으로 목덜미를 쓰다듬으며 말을 이었다.

"이런 짓을 할 사람. 나한테 이런 짓을 할 사람 말이야."

감히 나한테 이런 짓을 할 사람. 엄마는 소리 내어 말하지 않았지만 내 귀엔 똑똑히 들렸다. 감히, 감히 나한테…….

이미 엄마의 마음속에 범인은 정해져 있었다.

쥐를 처리하는 일은 고역이었다. 주민센터에 신고도 해 보고 사설 업체 몇 군데에 연락도 해 봤지만 한걸음에 달려와 처리해 주겠다는 곳은 없었다. 쥐 무덤은 이틀 내내 우리 집 대문 앞에 그대로 방치되었다. 그동안 엄마는 동네 여론을 만들어 가는 한편, 단진이를 쥐 무덤으로부터 보호하는 데 집중했다.

단진이는 어릴 적부터 몸이 약해서 걸핏하면 병치레를 했다. 단진이를 괴롭히는 병들은 대부분 바이러스성 어쩌고저쩌고 아니면 알레르기성 어쩌고저쩌고 하는 병명을 가지고 있었다. 엄마는 단진이가 면역력이 약해서 그렇다면서, 단진이를 가졌을 때 이런저런 상황 때문에 하도 스트레스를 많이 받아서 그런 것 같다고 자신을 탓했다. 사실 단진이에 관한 한 엄마는 항상 신경이 곤두서 있었다.

단진이는 불과 얼마 전에도 지독한 피부병에 걸려 얼굴이며 손이 죄다 울긋불긋 염증투성이였다. 또 언제 어떤 것에 알레르기 반응을 보일지 몰랐다. 그러니 쥐 무덤을 빨리 치워 버리지 못하는 건 골치 아픈 일이었다. 죽은 쥐의 몸에 있을 수도 있는 이름 모를 병균이 단진이의 몸에 올라타 정체불명의 병을 유발하기 전에 어서 처리해야 했다.

아빠는 커다란 검은 비닐을 구해서 쥐 무덤을 가려 놓았다. 간신히 예약한 방역 업체가 올 때까지 임시방편으로 해 놓은 것이었다. 하지만 검은 비닐 아래 감춰진 게 뭔지 모르는 동네 사람은 한 명도 없었다. 사람들은 수시로 몰려들어 수군거렸고 지나갈 때마다 한마디씩 던졌다. 이게 무슨 일이냐, 정말 해괴한 일이다, 미친놈의 소행이다, 어떻게 치울 거냐, 빨리 치워야 하지 않겠냐…….

엄마는 당황해하거나 난처해하지 않았다. 요란스럽게 구는 쪽은 동네 사람들이었고 엄마는 타인의 호들갑을 이용할 줄 아는 사람이었다.

엄마가 가장 먼저 불러들인 사람은 몇 집 건너 사는 이웃이었다. 사람들은 그 집을 화천에서 온 선희네라고 불렀고 엄마는 선희네 가족 중에 선희 엄마와 친했다. 선희네는 이사 오고도 한동안 동네 사람들과 잘 어울리지 못했다. 동네에서 선희네를 보는 시선이 곱지 않았기 때문이다.

선희네가 경매로 낙찰받은 자그마한 이층집의 전 주인은 오랫동안 정성껏 그 집을 손보며 살던 할아버지였다. 동네 사람들은 그 할아버지를 시청 다니시던 어르신이라고 불렀다. 어르신은 아침마다 골목을 쓸고 화단을 가꿨다. 동네 사람들이 당연시하는 하루 일과 중 하나는, 학교에 가거나 출근하는 길에 비질하는 어르신을 보고 인사를 건네는 것이었다. 사람들은 어르신을 동네 역사의 산증인처럼 여겼다. 그러니 어르신이 여생을 그 집에서 보낼 거라는 데에 의심을 품는 사람은 한 명도 없었을 것이다. 어르신 본인을 포함해서 말이다.

하지만 언제부터인가 어르신 안색이 어두워지기 시작했다. 사람들은 걱정하는 척 소문을 옮겼다. 엄마는 그 집 아들이 사고를 치는 바람에 집을 날리게 생겼다고, 노인네 말년에 이를 어쩌면 좋냐고 안타까워했다. 노인네. 엄마는 처음으로 그 집 주인을 노인네라고 불렀다. 어르신이 노인네가 되는 건 그렇게 순식간이었다. 결국 몇 달 지나지 않아 집은 경매로 넘어갔고 할아버지는 조용히 동네를 떠났다. 그리고 화천에서 선희네가 왔다.

십수 년을 한동네에서 함께한 전 주인에게, 동네 사람들은 여전히 애정을 가지고 있는 듯이 굴었다. 헐값에 내놓은 집을 냉큼 사서 들어온 선희네가 영 못마땅하다는 투였다. 선희네가 아무리 살갑게 다가가도 동네 사람들은 헛기침만 하며 서로 눈치를 살폈다. 선희네는, 특히 선희 엄마는 이웃과 친분을 쌓고 싶어 했다. 동네 일이라면 뭐든 양팔 걷어붙이고 나서는 열의를 보였다. 하지만 그런 노력에 관심 가져주는 사람은 별로 없었다.

단 한 사람, 우리 엄마는 달랐다. 엄마는 적당한 때를 노려 선희 엄마에게 손을 내밀었다. 동네 일원이 되지 못한 선희 엄마가 낙담해 있을 무렵이야말로 엄마가 나서기 좋을 때였다. 그럴 때 필요한 건 약간의 호의였다. 이를테면 가벼운 인사 같은 아주 작은 호의 말이다. 물론 적절한 상황이 필요했다. 상대방이 엄마의 위치를 충분히 알아챌 수 있을 법한 상황. 엄마는 또래 주민들과 종종 모여 이야기를 나누는 골목 벤치 정도면 괜찮다고 생각한 것 같았다. 그 벤치는 내가 시간을 보내곤 하던 우리 집 옥상에서 아주 잘 보이는 곳에 있었다.

그날도 사람들은 여느 때와 다름없이 동네 소식과 다양한 정보를 들고 와 엄마를 에워쌌다. 마침내 선희 엄마가 모습을 드러냈다. 막내딸 어린이집 하원 시간이라 집을 나선 듯했다. 엄마는 태연하게 인사를 건넸다. 아무 기대 없이 지나가던 선희 엄마가 당황해서 멈춰 서는 모습이 보였다. 순간 엄마를 둘러싼 사람들과 엄마를 향해 고개를 돌린 선희 엄마 사이에 묘한 기운이 감돌았다. 그 애매한 분위기 속에서 여유 있어 보이는 사람은 엄마밖에 없었다.

선희 엄마는 잠깐 주저하다가 무어라 말을 하며 벤치 쪽으로 다가갔다. 엄마는 앉은 자세 그대로 선희 엄마를 맞이했다. 어색해하던 사람들이 엄마의 눈치를 보며 하나둘씩 입을 열었다. 점차 선희 엄마 얼굴에 화색이 돌았다. 상황이 어떻게 돌아가는지 파악한 모양이었다. 누가 손을 내밀어 줬는지, 누구 손을 잡아야 하는지 분명해진 것이다. 그 뒤로 선희 엄마는 꽤 쓸모 있는 엄마의 심복이 되었다.

"이건 정말 보통 수준은 아니야. 미쳤다고 봐야지. 안 그래, 자기?"

엄마가 자기라고 부른 사람은 선희 엄마였다. 두 사람이 부엌 식탁에서 차를 마시며 이야기를 나누는 동안 나는 거실에서 선희와 티브이를 보고 있었다. 여기서 선희는 박선희가 맞다. 화천에서 온 선희네의 첫째 딸 박선희.

내가 박선희와 어울리게 된 건 같은 중학교, 같은 반이 되면서부터였다. 엄마의 지휘하에 우르르 신청했던 아파트 분양에서 우리 집과 선희네 집만 당첨되어 나란히 이사 온 영향도 컸다. 지금이야 내 옆에 있으면서 눈치도 생기고 오지랖도 넓어졌지만 당시의 박선희는 말주변도 없고 어리숙하기 그지없는, 그저 만화영화나 틀어 주면 하루 종일 넋 놓고 보고 앉았을, 나랑 어울리기엔 모자라도 한참 모자란 아이였다.

우리는 서로 데면데면했던지라 별로 말도 나누지 않고 앉아 있었다. 사실 그날은 그러는 편이 더 좋았다. 엄마가 어떤 말로 선희 엄마를 끌어들일지 엿듣고 싶었기 때문이다. 나는 박선희가 좋아하는 애니메이션 채널을 틀어 놓고, 두 귀를 부엌 쪽으로 쫑긋 세웠다.

"진짜 너무 끔찍하다. 어떻게 저런 짓을 할 생각을 했지?"

선희 엄마가 맞장구치며 말했다.

"둘 다 제정신이 아닌 거지."

"둘? 누구 짐작하는 사람이 있는 거야?"

선희 엄마가 눈을 껌뻑껌뻑하며 물었다. 둔하고 눈치 없는 줄로만 알았는데 가끔은 일부러 눈치 없는 척하는 것 같다고, 언젠가 엄마가 아빠에게 선희 엄마에 대해 했던 말이 생각났다. 엄마는 찻잔을 내려놓으며 가만히 선희 엄마를 쳐다보았다.

"자기야."

선희 엄마는 아무 말 없이 찻잔 손잡이만 매만졌다.

"누구겠어?"

"글쎄……."

"우리 동네에, 이렇게 음침하고 기분 나쁜 짓을 할 사람이 또 누가 있겠냐고."

엄마는 인내심을 가지고 다시 말했다.

"그 집인가?"

선희 엄마가 조심스레 물었다.

"근데 설마, 그 집 딸은 아직 어린데 둘이서 했다는 건 좀……."

여전히 조심스러운 목소리였다. 엄마는 진저리를 치며 말을 끊었다.

"엄마나 딸이나 똑같이 소름 끼쳐."

"근데 증거가 없잖아."

맞는 말이었다. 엄마는 그 집을 범인으로 몰 증거를 하나도 가지고 있지 않았다. 아마 증거가 필요 없다고 생각했는지도 모른다. 증거 따위 없어도 범인으로 몰 수 있으니까. 도대체 엄마는 언제 어디서 그런 것들을 배웠는지 모를 일이었다. 그런 걸 보면 둘째만 생기지 않았어도, 그러니까 나만 생기지 않았어도 다니던 직장에서 승승장구했을 거라고 입버릇처럼 말하는 근거가 아주 없어 보이진 않았다.

"그러니 내가 얼마나 억울해? 누가 봐도 뻔한데, 증거가 없으니 말이야."

그다지 억울해 보이지 않는 말투로 엄마는 말을 이어 나갔다.

"이렇게 억울할 때 친구가 있다는 게 얼마나 다행인지……."

엄마는 선희 엄마의 눈을 들여다보면서 다시 한번 강조하듯 말했다.

"자기 같은 친구가 있어서 정말 다행이야."

"그럼, 나야 항상 진이 엄마 편이지. 그렇긴 한데……."

“자기야.”

엄마의 입꼬리가 어색하게 올라갔다.

“자기 내 감이 틀리는 거 봤어? 그런 사람들이랑 한동네 살다가 또 얼마나 무서운 일이 생길지 어떻게 알아? 난 처음부터 느낌이 왔잖아. 그 행색하며, 동네 사람들한테 인사 한 번 제대로 한 적이 없고. 그 집 딸은 전학 온 지 얼마나 됐다고 벌써 결석을 밥 먹듯이 한다며?”

과장이 심했다. 내가 알기로 독고솜은 딱 한 번, 뭘 잘못 먹고 체하는 바람에 학교를 못 나왔을 뿐이다.

선희 엄마는 애꿎은 찻잔 손잡이만 자꾸 만지작거렸다. 엄마는 잠시 뜸을 들이다가 결정적 대사를 던졌다. 분명 미리 준비해 둔 말이었을 것이다. 상황을 봐 가며 쓰려고 한 대사. 꼭 필요한 경우에만 써먹으려고 한 대사.

“자기 처음 이 동네 왔을 때 생각난다.”

순간 선희 엄마의 손이 멈추었다. 엄마는 잠시 선희 엄마에게 당시를 떠올릴 수 있도록 시간을 주었다.

“자기는 그 집이랑 다르게 얼마나 살가웠는데. 내가 그래서 자기를 좋아했잖아.”

나도 알아듣겠는데, 다 큰 어른이, 그것도 엄마의 심복이 그 말뜻을 알아듣지 못할 리 없었다. 그건 경고였다. 언제라도 다시 외톨이로 만들어 버릴 수 있다는 경고. 외톨이로 살아 본 사람의 마음을 건드리는 경고.

엄마는 선희 엄마의 반응을 살피며 천천히 찻잔을 들어

차를 한 모금 삼키고 입을 열었다.

"근데 자기는 나랑 의견이 다른가 보다."

"아, 아니야. 그런 거."

"그래?"

엄마의 얼굴에 묘한 미소가 어렸다.

"자기도 나랑 같은 의견이구나."

"그럼. 나도 같지."

선희 엄마는 더 이상 망설이지 않았다. 엄마의 의견이 무엇이든 더는 따지지 않겠다는 의지가 엿보였다.

"역시 친구밖에 없다."

엄마가 선희 엄마의 손등에 자기 손을 얹었다.

그리고 모든 일은 일사천리로 진행되었다.

동네 사람들은 한마음 한뜻으로 독고솜네를 괴롭혔다. 선희 엄마의 전갈을 받은 엄마의 '자기'들이 행동을 시작하자 얼마 가지 않아 거의 모든 동네 사람들이 그에 동참했다. 그렇지 않아도 영 께름칙했던 이웃을 쫓아낼 수 있는 절호의 기회라고 여겼는지, 사람들은 그 나름대로 열심히 손을 쓰고 다녔고 어느 순간부터는 그런 행동에 재미를 붙인 듯이 굴었다. 혼자서 그러는 것도 아니니 죄책감도 들지 않는 것 같았다.

독고솜과 독고솜의 엄마는 잘 버텨 내었다. 그런데 두 사람이 온갖 행패를 무시할수록 사람들의 괴롭힘은 더욱 심해졌다. 내 귀에는 사람들이 이를 가는 소리가 들리는 듯했다. 너희의 죄가 뻔한데, 우리가 너희를 이렇게 싫어하는데 왜 너희는 그토록 멀쩡한 거냐고. 결국 사람들은 자신들이 진짜로 독고솜네를 미워한다고 믿게 되었고, 증오와 경멸의 감정을 아예 공공연하게 드러내었다. 독고솜 모녀가 지나갈 때면 무슨 낯짝이 그리 두껍냐고 대놓고 씨불거리는 사람도 있었다. 그런 분위기 속에서 모녀의 의연함이 사뭇 신기하게 느껴질 정도였다.

나는 험악해지는 동네 분위기를 지켜보면서 다소간이나마 독고솜에게 동정심을 품게 되었다. 물론 동정이라는 건 내가 상대보다 여유가 있을 때 할 수 있는 거다. 나는 내 엄마의 딸이었고, 엄마의 세상에서 나를 독고솜 대하듯 할 수 있는 사람은 없었다. 그렇게 말랑해진 마음 때문이었을까. 아니면 사람들이 아무리 못되게 굴어도 전혀 흔들리지 않는 것처럼 보이는 내 또래 아이에 대한 호기심이었을까. 내게 어울리지 않는 행동이었지만 그 무렵 나는 종종 독고솜네 집을 기웃거렸다.

그날도 그랬다. 그 집 앞을 서성이다가 얼핏 보면 못 보고 지나칠 법한 작은 틈을 발견했다. 대문의 문과 문틀 사이에 난 아주 작은 틈이었다. 문이 걸려 있지 않다는 걸 눈치챈 나는 대뜸 손을 움직여 버렸다. 살짝 대었을 뿐인데 대문이 앞으로 쓱 밀렸다. 그리고 눈앞에 믿을 수 없는 광경이 펼쳐졌다.

고양이들. 마당 한가운데에 선 독고솜 주위로 고양이들이 매달려 있었다. 못에 박힌 듯이 허공에 매달린 십수 마리의 고양이들이 고통으로 몸부림치는 와중에도 독고솜은 기괴한 미소만 지은 채 미동도 하지 않았다. 길게 늘어뜨린 새까만 머리카락 사이로 드러난 일그러진 얼굴……. 독고솜은 몇 번 얼굴을 씰룩이더니 난데없이 웃음을 터뜨렸다. 웃음소리와 함께 고양이들의 몸이 더 높이 솟구쳤다. 가여운 고양이들은 발버둥 쳤고, 그 바람에 고양이 털이 우수수 하늘에서 떨어져 내렸다. 독고솜은 그게 또 그렇게 웃기다는 듯이 깔깔댔다.

순간 나도 모르게 손에 힘이 들어가는 바람에 문을 더 밀어 버렸다. 끼익. 소리가 났다. 휙. 독고솜이 고개를 돌렸다. 그와 동시에 독고솜의 머리 위 고양이들이 아래로 뚝 떨어져 내렸다. 가슴이 철렁했다. 놀란 고양이들이 일제히 악을 쓰며 울어 댔다. 그래도 그대로 땅바닥에 곤두박질치지 않아서 다행이었다. 고양이들은 독고솜의 무릎께에서 뭔가에 목덜미가 걸린 듯한 자세로 둥둥 떠 있었다.

"어, 아……."

시간을 돌릴 수만 있다면 그렇게 당황했던 내 모습을 지우고 싶다. 내 기억 속에 박제되어 버린 그 순간을 삭제해 버리고 싶다.

독고솜은 말없이 나를 뚫어져라 응시했다. 말 그대로, 내 몸을 눈빛으로 뚫을 듯이 쳐다보았다. 침이 꿀꺽 넘어가고 얼굴이 벌게졌다. 다리가 후들거렸다. 상대는 마녀였다. 진짜 마녀. 어떻게 그런 요술을 부리는지는 몰라도 믿기 힘든 능력을 가지고 있는 건 분명했다.

"아니, 나, 나는……."

차라리 입을 다물었으면 좋았을 것이다. 그랬다면 덜 멍청해 보였을 텐데.

"나는, 그게, 엿보려고 했던 게……."

변명을 하는 순간 깨달았다. 그동안 내가 지켜 온, 그리고 앞으로 지키려고 했던 나의 자존심과 품위가 와르르 무너져 내렸다는 것을. 그저 저 무시무시한 상대가 당장 나를 어떻게 해 버릴지도 모른다는 생각에 오금이 저려서, 체면 따위는 생각도 못 하고 더듬더듬 변명을 하는 내 자신이…… 수치스러웠다. 넌 뭔데? 하고 무시하는 것 같은 독고솜의 눈빛을 온몸으로 감당해 내고 있자니 벌거벗은 채로 서 있는 것 같았다. 이를 악물고 눈물을 삼켰다. 눈물과 함께 굴욕감도 삼켰다. 그리고 뒤돌아서서 마구 달렸다.

그날 난 독고솜에게 왕의 자리를 뺏겼다. 그 사실을 아는 건 독고솜과 나 그리고 고양이들뿐이었다. 며칠 후 독고솜네가 홀연히 사라졌을 때 나는 남몰래 안도했다. 내가 독고솜에게 꿀렸다는 사실을 아무도 몰라서 다행이라고 생각했다.

그러니 다시 만난 독고솜을 내가 반가워할 리 없었다.

정신 바짝 차리고 맞서야 했다. 힘이란 그럴 때 쓰는 거니까. 내 자리를 위협하는 상대가 나타났을 때, 바로 그 순간 말이다.

비밀스럽고 특별한 친구를 위해

용기를 내고 싶어졌다.

그 친구가 조금 무서운 데가 있더라도 말이다.

탐정 서울무

조금 무섭더라도

"넌 내가 무섭지 않니?"

솜이가 물었다.

"네가 왜 무서워?"

"그냥. 다른 애들은 날 무서워하는 거 같아서. 아무도 나한테 말을 안 걸잖아."

곰곰이 생각해 보았다. 기분이 좋을 때 주위 물건들을 둥둥 떠다니게 하는 능력으로 다른 사람을 해코지할 수 있을지에 대해서 말이다.

솜이가 자기도 모르게 내 앞에서 능력을 내보였을 때 나는 진짜로 하나도 무섭지 않았다. 하지만 다른 애들이라면 어땠을까. 어떤 애들은 지레 겁먹고 기절하거나 도망가서 온갖 소문을 다 만들어 냈을지도 모른다. 물건들이 공중에 날아다니는 것보다 더 위험한 건 그런 소문들이다.

탐정은 언제나 모든 소문에 귀 기울여야 하는 법이지만, 동시에 그것이 부풀려졌거나 왜곡된 건 아닌지 의심할 줄 알아야 한다. 내가 박선희의 말을, 그러니까 단태희가 솜이에 대해서 했다는 말을 그대로 믿지 않은 것도 그 때문이었다.

"난 하나도 안 무서워."

솜이의 입꼬리에 미소가 어리더니 양 볼이 도톰하게 솟아올랐다. 내 대답이 꽤 만족스러운 듯이 보였다.

"근데 솜이 넌 다른 애들 얘기에 별로 신경 쓰지 않는 줄 알았어."

"안 쓰지."

멀뚱멀뚱 쳐다보는 나와 눈을 맞추며 솜이가 말을 이었다.

"다른 애들한텐 신경 안 써. 내가 신경 쓰는 사람은 너뿐이야."

순간 나도 모르게 벌쭉 웃어 보이고 말았다. 만약 나에게 솜이 같은 능력이 있었다면 주위 물건들이 두둥실 떠올랐을 것이다.

이 작은 도시로 다시 돌아오기까지, 솜이는 그동안 여기저기 떠돌아다녔다고 했다. 엄마가 잠들기 전에 둘만의 여행을 해 보자는 뜻도 있었지만 무엇보다 이곳저곳 돌아다니며 속성으로 배워야 할 것들이 아주 많았다고 했다. 나는 솜이에게 잠들어 버렸다는 엄마에 대해서 물어보지 않았다. 내색은 안 해도 엄마가 많이 보고 싶을 텐데 괜한 질문으로 솜이를 더 슬프게 만들 필요는 없다고 생각했다.

"외워야 할 것도 많고 익혀야 할 것도 많고……. 언제 조심해야 하고 언제 민첩해야 하는지, 얼마나 기다려야 하는지, 하나하나 다 배웠지. 그래도 아직 혼자서는 좀 겁나. 능력 조절도 잘 안 되고."

문득 솜이가 어떻게 혼자 지내는지 궁금해졌다.

"열네 살인데, 혼자 살지 못할 리가 없잖아."

솜이가 하도 당연하게 말해서, 순간 엄마 아빠 외할머니까지 삼대가 한집에 모여 사는 내 처지가 잘못된 것처럼 느껴질 정도였다.

우리 집에선 그저, 나를 애 취급했다. 집에 들어서는 순간 내 역할은 명탐정에서 꼬맹이 혹은 강아지로 바뀌어 버렸다. 부모님과 할머니 눈에 비친 나는 이제 막 초등학교를 졸업한, 소매 밖으로 손끝만 간신히 보이는 커다란 교복을 입은, 중학생이라고는 도무지 믿기지 않는 어린아이일 뿐이었다.

옆 빌라에 사는 고모 역시 나를 어린애 취급하기는 마찬가지였다. 고모는 맨날 나를 똥꼬땅이라고 불렀다. 내가 태어났을 때 자기 마음대로 붙여 준 별명이었다. 똥꼬가 땅에 닿아 똥꼬땅이라나. 백번 양보해서 조카가 무지 귀여운 나머지 애정을 듬뿍 담아 만든 별명이라고 이해한다 하더라도 십사 년이 지나도록 바꿔 부를 생각이 없는 건 역시 너무한 일이었다. 게다가 고모는 내가 열두 살의 나이에 혼자 힘으로 꼽등이 사건을 해결한 명탐정이라는 걸 알면서도 계속 그런다.

"가끔 삼촌이 들르긴 해. 근데 뭐 하는 건 없고, 그냥 얼굴 보러 오는 거지."

"삼촌도 너 같은 능력이 있어?"

"아니. 대대로 여자들만 능력을 이어받았어. 남자들은 평범해. 이유는 나도 몰라."

남자는 특별한 능력이 없음. 이유는 모름. 습관적으로 새로 얻은 정보를 탐정 수첩에 적어 내려갔다. 그런 내 모습을 보던 솜이가 말했다.

"우리 집에 놀러 올래, 명탐정?"

"진짜?"

"응. 초대할게, 특별히."

솜이의 장난기 어린 까만 눈동자 위로 친절한 빛이 드리웠다. 나는 냉큼 고개를 끄덕였다. 무엇을 상상하든지 그보다 훨씬 재미있는 일이 일어날 것만 같았다.

솜이의 초대를 받고 나서 나는 하루하루를 세는 마음으로 시간을 보냈다. 나야 아무래도 괜찮은데 솜이는 정말 오랜만에 집에 손님이 오는 거라면서 꼭 대청소를 해야 한다고 주장했다. 그런데 구석구석 청소를 하려면 꼬박 일주일이 걸린다고 했다. 청소를 일주일이나 하다니, 내 기준으로는 말도 안 되는 일이었다.

"일단 삼 일 동안 집 안에서 나쁜 먼지를 없애야 해. 나쁜 먼지가 입이나 코를 통해 사람의 마음속으로 들어가면 슬픔을 만들어 내거든. 우리 집에서 생긴 나쁜 먼지는 세상의 먼지보다 훨씬 강력해서, 그냥 그런 슬픔이 아니라 무시무시한 슬픔에 빠지게 될 수도 있어."

"그런 먼지가 있는지 몰랐어."

나는 눈이 휘둥그레져서 말했다.

"혹시 그렇게 된다 해도 방법이 없진 않아. 찻잎을 만들어

두면 되는데, 그거 만드는 주문이 뭐더라…….”

솜이는 잠시 골똘한 표정을 짓다가 다시 청소 이야기로 돌아왔다.

“아무튼, 샅샅이 먼지를 떨어낸 뒤엔 삼 일 동안 정화의 시간을 가져야 해. 나쁜 먼지가 사라진 공간으로 좋은 기운을 불러들이는 거야. 좋은 기운이 가득한 공간은 사람을 행복하게 만들어 주거든. 그렇게 집 안 공기를 싹 바꾸고 나면 마지막 스물네 시간은 잠을 자는 시간이야.”

“꼬박 하루를 잔다고? 왜?”

“엿새나 청소하느라 고생했잖아. 손님맞이하기 전에 푹 자 둬야지.”

“아…….”

솜이의 표정이 어찌나 진지하던지, 웃음을 참느라 혼났다. 솜이는 잠이 많은 모양이었다. 난 어떻게 해서든 잠을 자지 않으려고 노력하는데……. 왜냐고? 잠자는 시간이 세상에서 제일 아깝기 때문이다. 탐정은 사소한 것도 놓치지 않기 위해 항상 긴장해야 하고 관찰한 것들을 까먹지 않기 위해 늘 기록해야 하며 정보들을 제때에 써먹기 위해서는 다양한 종류의 책도 많이 읽어 두어야 한다. 몸이 열 개라도 모자랄 지경이다.

“토요일 열두 시에 와.”

솜이가 약도를 그려 주겠다고 했다. 지도 앱에서 검색해 보려 스마트폰을 손에 쥐고 꼼지락거렸지만 솜이는 그런 것들에 관심이 없었다.

"여기 일 층에 약국 있는 건물 앞 횡단보도를 건너서 골목으로 쭉 들어오다 보면 커다란 나무가 보일 거야."

솜이는 종이 가운데 떡하니 나무 모양을 그려 놓고 그 아래에 뭔가를 끄적거렸다. 가만히 보니 고양이 같기도 했다. 나는 어리둥절한 표정으로 솜이를 바라보았다. 이제 솜이는 자신 있는 몸짓으로 힘차게 선을 긋기 시작했다.

"아주 찾기 쉬울 거야."

나무에서 이어진 꼬불꼬불한 선은 종이 끝에 닿아 멈췄다. 솜이는 자기 작품이 무척 만족스러운 듯이 흐뭇한 미소를 지었다.

"기다릴게."

솜이가 종이를 건네며 달뜬 목소리로 말했다. 나는 허술하기 짝이 없는 약도를 손에 쥐고 어쩔 수 없이 고개를 끄덕여 보였다. 언젠가는 솜이가 스마트폰에 관심이 생기길 바라면서…….

마침내 토요일! 여느 때와 달리 아침부터 씻고 단장하는 내 모습이 어지간히 이상했나 보다. 아침나절 힐긋힐긋 내 동태를 살피던 엄마는 갓 내린 커피를 잔에 담아 들고 내 뒤를 지나가다 더는 못 참겠다는 듯이 말을 걸었다. 나는 막 연한 살구색 립글로스를 바르려던 참이었다. 진한 색 립글로스는 내 취향이 아니다.

"뭐야, 서율무. 데이트하러 가는 거야?"

엄마가 장난기로 범벅이 된 눈을 빛내며 말했다.

"아니야."

엄마한테 말려들지 않기 위해, 나는 부러 더 진지한 목소리로 대답했다.

"이거 엄마가 사 주고 나서 처음 바르는 거 아니야?"

"날이 건조해져서 바르는 거야."

"그럼 색깔 없는 립밤 바르면 되지."

"아, 그냥 좀."

슬슬 귀찮아졌다. 색깔이 있으면 얼마나 있다고, 백번을 문질러도 색이 날까 말까 하는 립글로스를 가지고 실랑이를 벌이고 싶지 않았다.

"남친 생겼는데 말 안 하면 서운하다?"

말도 안 되는 얘기는 이제 그만하라는 뜻으로, 엄마를 말없이 째려보았다. 그때 소파에서 신문을 보던 할머니도 빙그레 웃으며 한마디 거들었다.

"우리 강아지 남자친구 생겼다고?"

나는 엄마를 째려보던 눈을 할머니에게 돌렸다. 할머니는 짓궂은 표정으로 한쪽 눈을 찡긋해 보였다. 할머니의 도톰한 눈두덩이 살이 눈꼬리를 스치듯 내려앉았다가 올라갔다. 엄마와 똑같은 눈매다.

내가 엄마를 닮았듯이 엄마는 할머니를 닮았다. 그러니 우리 셋은 닮은 게 당연했는데 엄마와 할머니는 항상 나를 보며 서로 다른 말을 했다. 엄마는 내가 엄마랑 더 똑같다고 하고 할머니는 내가 할머니를 꼭 닮아 다행이라며 옥신각신 했다. 그런데 이번엔 둘이서 편을 먹고 나를 놀리고 있었다.

"아니라고!"

나도 모르게 목소리가 커졌다.

"그럼 꼭두새벽부터 엄청 오래 샤워하고, 옷장에 있는 옷들 죄다 꺼내서 걸쳐 보고, 거울 앞에서 머리를 묶었다 풀었다 하고, 어디 가려고 그러는데?"

엄마가 물었다.

"친구. 친구 만나러 가는 거야. 남자친구 아니고 여자애라고."

내 말에 엄마와 할머니는 여전히 흥미롭다는 듯이 눈을 맞추고 미소를 교환했다. 그 친구가 사실은 마녀야라고 말한 것도 아닌데 뭐가 그렇게 흥미로운지 모를 일이었다.

"남자친구? 꼬맹이 남자친구 생겼다고?"

잠옷 바람으로 방에서 나와 말을 보탠 사람은 아빠였다.

"그런가 싶었는데, 아닌가 봐."

엄마는 자기 커피 잔을 아빠에게 건네주며 말했다. 아빠는 얼결에 잔을 받아 들고 커피를 한 모금 삼켰다. 나를 바라보는 아빠의 눈이 빠르게 깜빡였다.

"난 또. 남친 생긴 거면 축하해 주려고 했지. 아빠는 그런 거에 열려 있잖아."

"흥……."

이유 없이 코를 만지는 거 보면 알지. 마음에도 없는 소리라는 걸. 아빠는 거짓말할 때 눈을 깜빡이다가 코를 만진다. 거짓말이 들통날까 봐 긴장이 되면 코를 움찔거리면서 콧잔등에 주름을 만들기도 한다. 대개 엄마한테 뭔가 숨기는 게 있을 때 그런 표정을 짓는다. 하지만 속이 뻔히 들여다보이는 얼굴로 엄마를 속이려 드는 아빠보다 더 이해가 안 가는 사람은 엄마다. 엄마는 그런 아빠에게 늘 속기 때문이다.

사실 그런 경우가 많은 편은 아니다. 대부분은 엄마를 위해 깜짝 파티를 준비한다거나 극적인 효과를 위해 좋은 소식을 잠깐 숨긴다거나 할 때 하는 거짓말들이다.

아빠는 나와 엄마와 할머니가 웃을 때 가장 행복하다고 했다. 나는 그 말이 진짜라는 걸 안다. 아빠가 그 말을 한 날은 아빠와 나, 우리 둘에게 아주 중요한 날이었다. 그 말을 하던 아빠의 표정, 아빠의 얼굴에서 뿜어져 나오던 기운은 내게 깊은 인상을 남겼고 이후 사람들의 진심을 가늠하는 척도가 되었다.

그날 아빠는 처음부터 끝까지 진지하고 솔직했다. 이제 곧 중학교에 들어가는 율무에게 하고 싶은 말이 있다고, 아빠와 고모가 살아온 날들에 대해 이야기해 주고 싶다고 했다. 내가 할머니 할아버지에 대해서, 그러니까 아빠의 엄마 아빠에 대해서 따지듯 물어본 지 일주일쯤 지난 날이었다. 아빠는 차분하게 긴 이야기를 들려주었고, 나는 그제야 풀리지 않았던 의문을 모두 정리할 수 있게 되었다. 그리고 아빠를 더욱 사랑하게 되었다.

"암튼, 나 오늘 좀 늦을지도 몰라."

작은 크로스백을 챙겨 일어나는 나에게 세 사람의 시선이 모였다. 내가 아무리 뾰롱뾰롱하게 굴어도 전혀 개의치 않는 표정들이었다.

"우리 강아지, 저녁 먹을 땐 들어와야지."

할머니가 말했다.

"전화는 꼭 받고."

엄마가 눈썹을 찡긋하며 말을 보탰다.

"아니면 친구 데리고 와서 같이 저녁 먹어도……."

아빠는 여전히 내가 만나는 사람의 정체를 궁금해했다. 호기심보다는 의심에 가까운 것 같았지만.

나는 대꾸 없이 재빨리 집을 나섰다. 솜이와의 데이트를, 아무에게도 방해받고 싶지 않았다. 아무리 사랑이 넘치는 가족이라고 해도 서로 사생활은 지켜 줘야 하는 법이다. 열네 살이면 엄마 아빠 할머니가 모르는 비밀 하나쯤 가질 수도 있는 거 아닌가. 솜이처럼 혼자 살지는 못한다고 해도 말이다.

일 층에 약국이 있는 건물 앞 횡단보도. 신호가 바뀌기를 기다리는 동안 몇 번이나 큰 바람이 불었다. 나뭇잎 끄트머리만 겨우 노랗게 혹은 발그스름하게 변했을 뿐인 시월의 초입에, 머리카락이 솟구치도록 휭 하고 부는 바람이라니 뜻밖이었다. 게다가 날씨도 이렇게 맑은데. 비행기라도 지나가면 바로 쨍 소리가 날 것만 같은 파란 하늘에 눈부시게 하얀 조각구름이 동동 떠 있었다.

휙휙.

다시 바람이 불었다. 놀란 비둘기들이 푸드덕 날갯짓을 하며 떠밀려 날아갔다. 마치 바람이 크게 한 번 빗자루질을 하는 것 같았다.

그 순간 마법 같은 정적이 찾아들었고 때맞춰 신호등에 파란불이 켜졌다. 조용해진 세상이 뽀득뽀득 문질러 닦아 놓은 유리창처럼 환하게 반짝였다. 덩달아 길을 건너는 내 발걸음도 가벼워졌다. 솜이 말대로, 아주 쉽게 솜이네 집을 찾아갈 수 있을 것만 같았다.

완만하게 경사진 골목길을 따라 쭉 걷다가 얼마 안 가 저 앞에 우뚝 서 있는 키 큰 나무를 발견했다. 솜이가 왜 약도에 나무를 그렇게 크게 그려 넣었는지 알 것 같았다. 사방으로 굵고 구불구불한 가지를 뻗은 모습이 어찌나 위엄 있는지, 오랫동안 골목길을 지켜 온 수호신을 보는 것 같은 신비로운 느낌이 들었다. 넋 놓고 나무 앞에 서 있는 것도 잠시, 곧 나무를 중심으로 두 갈래로 나뉜 길이 눈에 들어왔다. 솜이가 그려 준 약도엔 당연히 존재하지 않는 갈림길이었다.

“냐—앙.”

그때 나무 뒤에서 고양이 한 마리가 슥 모습을 드러냈다. 턱시도를 입은 듯한 맵시를 뽐내는 고양이였다. 턱시도 고양이는 마치 자기가 수호신의 전령이라도 되는 듯이 나를 빤히 쳐다보았다.

"안, 안녕하세요."

레이저를 쏠 듯한 황금색 눈동자에 기가 죽어 나도 모르게 존댓말이 나왔다. 문득 솜이가 약도에 그려 주었던, 얼추 고양이처럼 보였던 그림이 떠올랐다.

"냐—앙."

인사 따위 거추장스럽고, 잠자코 나를 따라와. 고양이는 그저 고양이 울음소리를 냈을 뿐인데 머릿속에 고양이의 메시지가 선명하게 떠올랐다. 나는 고분고분히 뒤를 쫓았다. 나무의 전령인지 솜이의 전령인지 알 수는 없었지만 내게 길을 알려 주려고 하는 건 분명해 보였다.

유난히 하얀 털로 뒤덮인 조그마한 네 발이 우아하고 날렵하게 움직였다. 왼쪽 골목으로 향한 고양이는 한 번씩 걸음을 멈추고 내가 잘 따라오고 있는지 확인했다. 지금까지와 달리 골목길은 고양이처럼 사뿐사뿐 오를 만한 경사가 아니어서 한 번씩 멈춰 숨을 고르고 걸어야 했다. 그때마다 고양이는 나를 기다려 주었다. 우리는 그렇게 가다 서다 하면서 오르막길을 걸었다.

"냐—앙."

고양이가 걸음을 멈춘 곳은 언덕의 끝에 있는 이층집 대문 앞이었다. 군데군데 페인트칠이 벗겨진 초록색 철제 대문 뒤로 빨간 벽돌집이 보였다. 고양이는 내가 근처까지 온 걸 확인하고 나서 납죽 몸을 낮추더니 스르륵 대문 아래로 모습을 감췄다.

나는 설레는 마음으로 발맘발맘 앞으로 걸어 나갔다. 솜이가 사는 집이라고 생각하니 괜스레 긴장이 되었다. 집을 둘러싼 담장을 따라 난 작은 오솔길에는 전나무 향이 가득했다. 담장 아래 이끼가 수북한 이유도 오솔길 주변에 빽빽이 자리 잡은 전나무 때문인 듯했다. 집 주변에 진득하게 밴 나무 냄새를 맡으며 두근거리는 마음을 진정시키려고 애썼다. 심호흡 몇 번만 더 하고 벨을 누를 참이었다.

"명탐정!"

벨을 누르기도 전에 대문이 활짝 열리고 그보다 더 활짝 웃는 솜이가 나타났다. 봉긋하게 솟아오른 두 뺨과 입술 아래 드러난 선홍색 잇몸을 보니 절로 웃음이 터졌다. 게다가 솜이는 신발도 신지 않고 있었다. 양말 바람이라니, 얼마나 마음이 급했으면!

"새벽부터 기다렸어! 들떠서 그런지 스물네 시간도 못 채우고 깨는 바람에……. 집 찾는 건 어렵지 않았지?"

솜이가 내 손을 잡아끌며 재잘거렸다. 바로 대답을 하고 싶었지만 눈앞에 펼쳐진 광경에 얼이 빠져 목소리가 나오지 않았다.

둥둥.

마당에 고양이들이 둥둥 떠다니고 있었다.

솜이의 능력을 모르는 건 아니었지만 다시 봐도 신기하기는 마찬가지였다. 게다가 이번엔 고양이들이었다. 그것도 아주 편안한 듯이 공중부양을 즐기고 있는 고양이들…….

“집에서는 능력을 따로 조절하지 않거든. 지금처럼 기분이 좋을 땐 조절하기도 힘들고.”

문득 저번처럼 발바닥이 간질간질한 느낌이 들었다. 아마도 내 몸이 고양이들처럼 떠오르지 않는 이유는 솜이가 내 손을 꼭 잡고 있기 때문인 것 같았다.

“와, 근데 쟤네들…… 엄청 재미있어하는 거 같아!”

나는 색색의 털 뭉치들의 표정을 살피며 말했다. 갸르릉 소리를 내는 녀석도 있었다.

“어딜 가든 소문을 듣고 찾아온다니까.”

“고양이한테 인기가 많구나?”

“내가 기분 좋을 때 같이 기분 좋아지게 해 줄 수 있으니까. 뭐, 사실 내가 더 좋아! 우울하다가도 얘네 보고 있으면 다 잊히거든!”

까르르 솜이의 웃음소리와 함께 고양이들의 몸이 두 뼘쯤 더 위로 날아올랐지만 겁내는 녀석은 하나도 없어 보였다. 무서워하기는커녕 허공에서 구르는 데 재미를 붙인 녀석들이 온몸을 배배 꼬고 팔딱거리는 통에 온 사방에 고양이 털이 흩날렸다.

“오는 길에 바람이 좀 불었지?”

“어? 응.”

“혹시 몰라서, 오는 길 먼지도 청소했거든.”

"그 바람으로? 솜이 너 바람도 만들 줄 알아?"

"별거 아니야. 청소를 위한 비바람 정도는 만들 줄 알아야 하니까."

현관 아래 나 있는 낮은 계단을 오르던 솜이가 나를 홱 돌아보더니 말을 이었다.

"알고 보면 마녀들이 엄청 깨끗한데⋯⋯ 검은 옷을 입으니까 좀 우중충해 보이지? 근데 검은색 옷이 엄청 손 많이 가는 거 알아? 계속 신경 써 줘야 해. 먼지가 조금만 묻어도 티가 확 나잖아."

솜이가 입은 원피스도 검은색이었다. 티끌 하나 없이 이드르르 윤기가 도는 새까만 원단을 쓸어내리며 솜이는 뿌듯한 표정으로 덧붙였다.

"아, 그리고 고양이 털이 붙지 않게 주문도 걸어 뒀지."

별 주문이 다 있구나 하다가 문득 내 상태는 어떤가 싶어서 이리저리 훑어보니 아니나 다를까 청바지와 홑점퍼가 온통 고양이 털 천지였다. 양손으로 열심히 털을 떨어내는 나를 보며 솜이가 작게 웃었다.

"괜찮아, 괜찮아. 얼른 들어가자. 다음엔 명탐정 옷에도 주문을 걸어 줄게."

빛바랜 금색 문양이 새겨진 문이 삐그덕 소리를 내며 움직였다. 현관에 들어서니 황토색 타일 위에 가지런히 놓여 있는 검은 구두가 눈에 띄었다. 정신없이 뛰어나오느라 챙겨 신지 못한 솜이의 신발이었다.

"우리 집에 온 걸 환영해."

솜이가 신발을 신으며 말했다. 나는 당황해서 중문 미닫이 안쪽 실내를 훔쳐보았다. 반들반들한 마룻바닥. 당연히 신발을 벗고 들어가야 할 집이었다.

"이거 새 신이거든. 아주 깨끗해. 양말이 더러워졌으니까 이거 신고 들어가야지!"

야무지게 구두를 신는 모습을 보니 농담으로 하는 얘기는 아닌 것 같았다. 별수 없이 새 구두를 신고 열린 미닫이문의 턱을 폴짝 뛰어넘는 솜이의 뒤를 쫓아, 나는 얌전히 운동화를 벗어 두고 거실로 들어섰다.

"숨을 한번 크게 들이쉬고 내뱉어 볼래? 기분이 좋아질 거야!"

솜이가 두 손을 과장되게 움직이며 콧구멍을 벌름거렸다. 어쩐지 따라 하지 않으면 안 될 것 같은 분위기였다. 이번에도 별수 없이 솜이를 따라 심호흡을 하기 시작했다. 놀랍게도, 얼마 가지 않아 묘하게 상쾌한 느낌이 코끝, 손끝, 발끝을 감싸더니 곧 온몸을 타고 돌았다.

"괜찮지?"

내 표정을 살피며 묻는 솜이에게 힘차게 고개를 끄떡여 보였다.

"다행이다."

솜이가 커다란 갈색 소파에 몸을 던지며 말했다.

"지금 우리 집은 아주아주 깨끗하거든. 숨을 깊이, 많이 쉴수록 기분이 좋아질 거야. 나 혼자서는 처음 청소해 본 건데 제대로 했나 보다."

"처음?"

"응! 그전에는 엄마랑 같이 했으니까. 근데 나 혼자서도 잘했네!"

말해 놓고 쑥스러운지 솜이는 소파 위에서 몸을 일으켜 방방 뛰었다. 구두를 신은 채로 말이다. 솜이가 뛸 때마다 거실 창으로 스민 햇살을 받고 모래알 같은 먼지가 알알이 빛났다. 눈으로 셀 수 있을 만큼 적은 양이긴 했다. 그래도 기껏 다 청소해 놓고는 금방 또 이렇게 먼지를 만들다니! 하지만 잔뜩 신이 난 솜이에게 그만 뛰라는 말은 차마 할 수 없었다. 게다가 솜이가 폴짝대는 모습은 처음 본 터라 그냥 내버려 두고 싶었다.

솜이는 체육 시간마다 혼자 교실에 남아 자습을 했다. 들리는 소문으로는 햇빛 알레르기와 천식 때문이라고 했다. 가만, 진짜로 어딘가 몸이 안 좋은 거라면…….

"솜이 너 그렇게 뛰어도 괜찮아?"

"당연히 괜찮지!"

내 걱정스러운 말투에도 아랑곳하지 않고 솜이가 힘차게 외쳤다.

"근데 왜 체육 시간엔 항상……."

"아, 그거."

그제야 멈춰 선 솜이가 숨을 고르며 말했다.

"삼촌이 학교에 대충 둘러댄 거야. 마녀들은 햇빛 아래에서 땀 흘리며 뛰는 걸 끔찍하게 싫어하거든."

음, 그건 마녀뿐 아니라 나도 별로 좋아하지 않는데.

"이제 뭐 할까?"

여전히 들뜬 목소리로 솜이가 물었다.

"이렇게 친구가 놀러 오면 말이야."

"어……."

"다들 뭐 하고 놀지?"

눈을 깜빡깜빡하는 솜이를 보며 조심스레 물었다.

"혹시 집에 온 사람…… 내가 처음이야?"

솜이가 입술을 오므리며 고개를 끄덕였다.

"엄마가 항상 마녀에게 친구는 필요 없다고 했거든."

"왜?"

"우리는 비밀이 많으니까. 친구가 생기면 다 털어놓아야 하잖아."

비밀을 털어놓는 사이! 솜이와 나는 그런 사이가 되었구나! 나도 빨리 솜이에게 털어놓을 비밀을 많이 만들고 싶어졌다.

"근데 지금은 엄마가 내 곁에 없으니까……."

솜이가 말끝을 흐렸다. 더 말하지 않아도 얼마나 엄마를 그리워하는지 알 것만 같았다. 그런데…….

"그러니까 괜찮아! 잔소리하는 사람이 없으니까. 이제 명탐정 너랑 실컷 놀아야지."

솜이의 입꼬리에 옹골찬 다짐이 배어 나왔다. 마녀들은 원래 이렇게 종잡을 수 없는 성격인가? 어쩌면 그런 면 때문에 내가 솜이에게 더 끌리는 건지도 모르지. 예측불허이긴 해도 솜이는 딱 내가 원하던 매력적인 파트너였다.

"아, 맞다. 뭐 먹을래?"

자리에서 발딱 일어난 솜이는 종종거리며 부엌으로 향했다. 낡은 체리색 싱크대 때문인지 부엌 쪽은 꽤 어둡고 칙칙했다. 부엌 입구에 상아색 레이스 커튼이 달려 있긴 했지만 화사한 느낌은 조금도 들지 않았다. 솜이는 식탁 위에 덩그러니 놓여 있던, 구멍이 숭숭 뚫린 플라스틱 바구니를 들고 나왔다.

"난 아침에 눈을 뜨자마자 이거부터 먹어."

바구니 안에 담긴 음식의 정체는 고구마였다.

"삼시 세끼 고구마만 먹을 때도 있어."

그러고 보니 학교에서도 종종 고구마 말랭이를 오물거리는 모습을 본 적이 있었다.

"먹어 볼래? 아주 맛있어."

솜이는 한 손으로 내게 고구마를 건네는 동시에 다른 손에 쥔 고구마를 자기 입으로 가져가 크게 베어 물었다. 한쪽 볼이 불룩해진 채로 야물대는 모습을 보니 나도 절로 침이 꿀꺽 넘어갔다.

"삼촌이 냉장고를 채워 주긴 하는데 사실 그럴 필요 없어. 난 고구마만 있으면 되니까."

나는 힐끗 부엌의 냉장고를 쳐다보면서 고구마를 한 입 베어 먹었다. 솜이는 열네 살이나 되었으니 혼자 살 수 있다고 큰소리쳤지만 아마도 이렇게 솜이가 별일 없이 지낼 수 있는 건 삼촌 덕분이 아닐까.

"솜이 네 방은 어디야?"

집 구경을 하고 싶은 마음에 슬쩍 돌려 물었다. 눈이 휘둥그레질 정도로 어마어마한, 판타지 영화에나 나올 법한 근사한 방이 이층집 어딘가에 숨겨져 있을 것 같았다.

"내 방에 가 볼래?"

솜이가 흔쾌히 나를 이끌었다. 우리는 한 손엔 고구마를 쥐고 다른 한 손으로는 서로의 손을 꼭 쥐고 이 층으로 향했다. 솜이의 작은 손은 마냥 쥐고 있고 싶을 만큼 보송하고 따뜻했다.

"내 방에선 골목길이 훤히 내려다보여. 난 창밖을 내다보는 걸 좋아하거든."

삐걱삐걱 나무 계단 소리 위로 솜이의 목소리가 통통 튀어 올랐다. 나는 솜이가 창가에 기대어 서서 골목길을 오고 가는 고양이들을 구경하는 모습을 상상해 보았다. 그러자 곧, 턱시도 고양이를 쫓아 오르막길을 오르는 내 모습과 그런 날 내려다보는 솜이의 들뜬 얼굴이 머릿속에 자연스럽게 그려졌다.

"그냥, 별거 없어. 평범하지?"

계단을 오르자마자 오른쪽으로 돌면 바로 솜이의 방이었

다. 작은 방에 들어서자 녹색 갓의 스탠드가 놓인 아담한 원목 책상과 도톰한 이불이 똬리를 틀듯 돌돌 말려 있는 작은 침대가 먼저 눈에 띄었다. 한쪽 벽면을 고스란히 차지한 넓은 창의 좌우로는 비침이 많은 하얀 커튼이 드리워져 있었는데, 쏟아져 들어오는 햇빛을 그대로 머금었다가 바로 뿜어내는 듯이 눈부시게 빛났다.

"이사를 자주 다니다 보니까, 짐이 많지 않아."

"얼마나 자주?"

어느 날 갑자기 솜이가 이사를 가 버릴까 봐 덜컥 겁이 났다.

"대중없긴 해. 저주를 걸었다는 걸 들키면 바로 떠나야 하니까."

"저주?"

"응. 난 마녀잖아. 마녀와 저주는 떼려야 뗄 수 없는 관계지."

솜이가 태연하게 대꾸했다. 그래, 맞아. 독고솜은 마녀였지. 아니, 마녀지. 앞으로도 마녀일 거고. 새삼 그 사실이 뾰족하게 마음에 와닿았다. 잘은 모르지만 마녀는 요정이나 천사와는 다를 테니까. 나는 망설이다가 입을 열었다.

"어떤 저주를 거는데?"

내 딴에는 조심스럽게 물어본다고 했는데 말이 떨어지기 무섭게 어색한 정적이 감돌았다. 솜이는 새까맣다 못해 푸른빛이 도는, 깊이를 알 수 없는 눈동자로 뚫어져라 나를 쳐다보았다.

"명탐정."

"응."

"그게 궁금해?"

"어? 어, 응."

"그럼 따라와 볼래?"

속삭이듯 말하는 낮은 어조에 별안간 으스스한 기분이 들었다. 나는 숨을 죽이고 고개를 끄덕여 보였다.

솜이가 조용히 몸을 일으켜 방을 나섰다. 조금 전까지 소파 위에서 방방 뛰던 활기는 온데간데없이 사라지고 한없이 가라앉은 어둠의 기운이 느껴졌다. 어깨 아래에서 찰랑거리는 까만 생머리, 홍조 따위 찾아볼 수 없는 창백한 피부, 밑창이 두꺼운 검은 구두……. 여태껏 솜이의 쾌활함에 가려 딱히 유별나 보이지 않았던 것들이 이제 무거운 한기를 칭칭 감고 숨 막히는 분위기를 연출하고 있었다.

끼익끼익. 솜이의 걸음 뒤에 복도 마룻바닥에서 나는 음침한 소리가 따라붙었다. 나는 침을 꿀꺽 삼키고 솜이의 뒤를 따랐다. 복도 끝 좌우로 방문이 하나씩 보였다. 솜이는 왼쪽 방을 향해 고개를 돌리며 말했다.

"이 방은 절대, 절대로 들어가면 안 돼. 이 방에 들어가면 무시무시한 일이 생길 거야."

솜이가 경고하듯 말했다. 옆얼굴에선 온기가 하나도 느껴지지 않았다. 해가 들지 않는 복도에 솜이의 목소리가 다시 스산하게 울려 퍼졌다.

“들어가지 않겠다고 약속해.”

“약속할게. 주인 허락 없이는 절대로 안 들어가.”

“이 방의 주인은 내가 아니야. 너도 나도 감당할 수 없는 존재지.”

솜이가 말하는 존재의 정체가 궁금했지만 그런 질문을 할 만한 분위기가 아니었다. 솜이는 오른쪽 방문을 향해 몸을 돌리며 말했다.

“준비됐니?”

“응.”

무슨 준비를 말하는 건지도 모르면서 사뭇 자신 있게 대답했다. 무엇이 튀어나오든 놀라지 않을 준비라면 전혀 되어 있지 않은데도 말이다.

솜이가 천천히 손잡이를 돌리는데, 그 모습이 마치 슬로 모션으로 찍은 장면처럼 느릿느릿했다. 문이 열리는 소리까지 늘어지는 듯했다. 그렇게 방문이 서서히 열리고 드디어 눈앞에…….

뭐야, 텅 비다시피 한 작은 방이라니? 나는 어리둥절한 채로 방을 둘러보았다. 사실 둘러볼 만한 것도 없었다. 암막 커튼이 드리워진 방은 어두컴컴했고 한가운데 작은 테이블 하나가 덩그러니 놓여 있었다. 테이블 위에 있는 까만 물체는 노트북이었다. 그게 전부였다.

그때 뒤에서 솜이가 내 어깨를 와락 안으며 웃었다.

"명탐정! 뭘 기대한 거야?"

맙소사. 그제야 내가 완벽하게 속았다는 사실을 깨달았다.

"아, 뭐야. 나 놀린 거야?"

긴장이 풀린 나머지 눈물이 찔끔 날 뻔했다.

"미안, 미안. 뭔가 잔뜩 기대하는 모습이 귀여워서 나도 모르게 그만!"

솜이가 짓궂게 웃으며 말했다. 조금 울컥하기는 했지만 솜이의 웃음소리가 그렇게 반가울 수가 없었다. 나는 속으로, 좀 전에 솜이가 보여 준 무섭고 차가운 마녀의 모습이 제발 연기일 뿐이길 빌었다.

"근데 진짜로, 이 방에서 대부분의 작업을 하는 건 맞아."

솜이가 내 코앞에 얼굴을 가져다 대면서 진지한 표정으로 말을 이었다.

"작업?"

"저주를 내리는 작업."

"이젠 안 속아."

"아니, 이건 진짜야. 요즘은 노트북이랑 인터넷만 있으면 된다고."

나는 멀뚱멀뚱 솜이의 얼굴만 쳐다보았다. 솜이는 다시 한 번 웃음을 터뜨리며 내 팔을 안았다. 그리고 천천히 이야기를 하기 시작했다. 마녀들이 하는 '진짜' 작업에 대해서.

"우리는 아주 신중하게 주문을 받아. 사람들은 온갖 이유로 복수를 하고 싶어 하니까. 아무 이유 없이 그냥 사람을 미워하는 경우도 있고. 그런 사람들의 주문을 다 들어줬다가는 세상이 엉망진창 되는 건 시간문제일 거야. 그러니까 아주 조심해야 해.

마녀가 신도 아니고 매번 문제없이 저주를 내리기는 쉽지 않아. 그래도 마녀들은 굉장히 직관적이고 감이 좋아서 실수가 잦진 않지. 대부분 마녀 자신의 본능을 따르면 돼. 경험 많은 마녀라면 더욱 그렇고.

어떨 때는 그냥 영물에게 맡기기도 해. 상황에 맞게 저주를 내린다는 게 알고 보면 참 피곤한 일이거든. 저주받은 사람 말고 다른 사람들이 영향을 너무 크게 받으면 안 되기 때문에 저주의 힘이 미치는 범위를 따져 봐야 하는데, 이게 정말 쉽지 않은 일이야. 예를 들어 어떤 애한테 하루 종일 설사병에 시달리는 저주를 내렸는데 하필 그날이 시험 날이라 시험 보는 중에도 계속 화장실에 들락날락거렸다고 쳐. 그럼 그 애만이 아니라 다른 애들 성적에도 영향을 미칠 수 있잖아. 그런 식으로 내가 내린 저주가 어떤 파급력이 있을지 생각하다 보면 차라리 영물에게 맡겨 버리는 게 속 편할 때가 있어.

예전에, 엄마의 지도하에 처음 맡았던 작업에서, 나도 영물에게 기댔었어. 엄마가 이걸로 시작하는 게 좋겠다고 하면서 이메일을 보여 줬는데……. 아, 우린 주문을 이메일로 받거든. 보통은 엄마가 여기저기 돌아다니면서 명함을 뿌려.

아무한테나 막 주는 건 아니고, 마녀의 눈으로 봤을 때 명함이 꼭 필요해 보이는 사람들한테 건네주는 거야. 그러면 사람들이 이메일로 사연을 보내. 그걸 보고 필요에 따라 의뢰인을 직접 만나 본 다음에 적당한 저주를 내리지. 결과에 만족한 의뢰인들은 입소문을 내 주고. 내 첫 의뢰인도 알음알음으로 연락한 사람이었어. 이름도 밝히지 않고 만나려고 하지도 않아서 이메일 주소밖에 아는 게 없어.

메일 내용은 동네에 길고양이 한 마리가 사라졌는데, 그게 날마다 하교 시간쯤 고양이 밥을 주던 사람 짓이 분명하니 저주를 내려 달라는 거였어. 아마 의뢰인이 그 고양이를 엄청 좋아했나 봐. 사람을 잘 따르는, 통통한 삼색 고양이였는데, 매일 밥 주는 사람이라 믿고 안겼다가 변을 당한 거 같다고 했어. 의뢰인은 평소에도 그 사람이 늘 수상했대. 길고양이들을 위하는 척 밥을 주면서도 정작 고양이들이 다가가면 거북한 표정이 역력했다는 거야. 그런 사람이 어느 날 삼색이를 품고 갔고, 고양이는 그렇게, 그대로 사라져 버린 거지. 의뢰인이 확인한 바로는 그 사람 집엔 여전히 고양이가 단 한 마리도 없었거든.

의뢰인은 그놈이 또 다른 고양이들을 해코지하지 못하게 저주를 내려 달라고, 제발 빨리 손을 써 달라고 했어. 나는 마음이 조급해졌어. 명탐정 너도 내가 고양이를 얼마나 좋아하는지 알잖아? 마음 같아서는 당장에 저주를 퍼붓고 싶었어. 게다가 의뢰인이 알려 준 그 사람 주소가 내가 사는 곳에서 아주 가깝더라고.

하지만 그건 내 첫 작업이었어. 시작부터 문제를 만들고 싶지 않았지. 엄마가 늘 하던 말이 있었는데, 연륜 있는 마녀들은 독선 때문에 문제를 만들고 어린 마녀들은 감정을 조절하지 못해서 문제를 일으킨다고……. 따지고 보면 고양이를 해코지했다는 건 모두 의뢰인의 추측일 뿐이잖아. 감정에 치우쳐서 일을 그르칠 순 없었어. 무시무시한 저주를 내렸다가 일이 잘못되어서 엄마한테 그러게 내가 뭐랬니 하는 말만은 결코 듣고 싶지 않았거든.

그때 명탐정 네가 있었으면 좋았을 텐데! 그럼 그 사람이 진짜 고양이를 납치한 건지, 도대체 고양이가 무슨 짓을 당한 건지 밝혀낼 수 있었을 테니까. 혹시 오래전 사건도 해결하고 그러니? 지금 남은 건 의뢰인이 보낸 이메일밖에 없는데 한번 볼래?

아무튼 그때는 영 마땅한 저주가 안 떠오르더라고. 그래서 영물의 힘을 빌렸지. 고양이의 문제는 고양이로 해결한다! 우리 집에 찾아오는 고양이들에게 알아서 해 달라고 부탁했어. 사실은, 부탁을 들어주지 않으면 이제 둥둥 놀이는 없을 거라고 으름장을 놓은 거지만. 너도 봐서 알잖아. 고양이들이 공중에 둥둥 떠서 노는 거 얼마나 좋아하는지.

그 뒤로 고양이들은 자기들이 할 일을 했어. 그 사람의 집 앞에 죽은 쥐를 산처럼 쌓아 놓았거든. 아마 기겁 좀 했을 거야.

솔직히 사건의 내막이 궁금하긴 했지만 영물에게 일을 맡긴 이상 참견하지 않는 게 예의라 그냥 알아서 잘한 거라 믿었어. 근데 그게 좀 골치 아픈 일이 되어 버렸더라고. 지금까지도 연이 되어 귀찮아졌고. 여왕 말이야. 단태희. 단태희와의 악연은 거기서부터였어. 그 집에, 단태희도 살았던 거야. 그 집 딸이었으니까.

사실 단태희 엄마는 원래도 우리를 탐탁지 않아 했거든. 그래도 그렇지, 우리를 범인으로 몰다니. 엄마랑 내가 밤사이 그 많은 쥐를 죽인 뒤 자기 집 문 앞에 쌓아 놓았다는 거야.

말이 되니? 우린 저주를 거는 마녀들이지, 가여운 쥐들을 죽여서 그걸로 사람을 괴롭히는 짓은 안 해. 고양이들한테 일을 맡기는 바람에 쥐들이 그렇게 된 건 마음이 아프지만……. 암튼 대문에 온통 악마 어쩌고저쩌고 낙서를 해 대고, 동네 구멍가게에서는 우리한테 아무것도 안 팔겠다고 하고, 우리 집 앞에 쓰레기를 버리고……. 뭐 어차피 저주 건 건 들킨 셈이니까 떠나야 했지만, 진짜 화가 나서 더는 못 살겠더라고.

생각할수록 정말, 말도 안 되지. 어떻게 엄마랑 내가 그랬다고 생각할 수가 있어? 명탐정 너는 그런 내 모습을 상상할 수 있니? 내가 한밤중에 양팔 가득, 치마폭 한가득, 죽은 쥐들을 끌어안고 나르는 모습을?"

솜이네 집을 나서 집으로 돌아오는데 머릿속이 복잡했다.

솜이의 기대와 달리 내 상상력은 아주 풍부했다. 늦은 밤 두 팔 가득, 검은 치마폭 한가득, 죽은 쥐들을 나르는 솜이의 모습을 그려 보는 건 그리 어렵지 않았다. 직접 쥐 무덤을 만들지 않았다고 해도 솜이는 마음만 먹으면 쥐 무덤쯤이야 하룻밤 새 뚝딱 만들 수 있는 마녀였다. 그보다 더한 저주도 내리지 못하리란 법이 없었다.

순간 목덜미가 선뜩거렸다.

그리고 생각했다.

어쩌면 단태희는 솜이를 싫어하는 게 아니라 무서워하는 게 아닐까.

그렇다면 나는?

"똥꼬땅!"

빌라촌 골목을 걸으며 집으로 가고 있는데 저쪽에서 고모 목소리가 들렸다. 장바구니를 든 거 보니 가까운 마트에 가는 길인 것 같았다.

"왜 그렇게 타박타박 걸어. 데이트하러 나갔다더니, 잘 안 됐어?"

"엄청 잘됐거든."

데이트한 거 아니라고 설명하기도 피곤해서 외려 허풍스럽게 말해 버렸다.

"오, 제법인데? 중1이 시크릿하고 스페셜한 친구도 만들고."

고모도 내 반응에 질세라 과장스러운 말투로 놀려 댔다. 그래도 엄마 아빠처럼 남친이라는 단어를 들먹이는 건 아니라서 기분이 아주 나쁘진 않았다. 고모는 내가 남자친구에 관심이 없다는 걸 잘 안다. 그리고 내가 보기엔 고모 역시 남자친구에 관심 없기는 마찬가지다. 허구한 날 집 안에 틀어박혀 책만 붙들고 씨름을 하니 사람 자체에 관심이 있긴 한 건지도 잘 모르겠다.

고모는 외국 추리소설을 번역하는 일을 하는데 그게 그렇게 재미있다고 했다. 솔직히 난 잘 모르겠다. 추리소설을 읽는 거야 엄청나게 재미있지만 번역이라니……. 암튼 고모는 천직을 찾은 것처럼 보였다. 출퇴근하는 조직 생활은 적성에 안 맞는다면서 집에서 혼자 할 수 있는 일을 찾게 되어 다행이라고도 했다.

그렇다고 고모가 항상 혼자 있는 건 아니었다. 고모의 특별한 친구는 나였다. 비밀스럽지 않을 뿐이지. 어릴 적부터 나는 늘 고모네 집에 가서 놀았다. 고모는 혼자 일하고 있을 때 내가 옆에서 뒹굴뒹굴하고 있으면 마음이 편해진다고 했다. 고양이 같다나 뭐라나.

고모네 집에 가면 간식도 잔뜩 있고 잔소리 들을 일도 없으니 나도 놀이터처럼 고모네 집을 들락거렸다. 게다가 고모는 내 이야기를 잘 들어 주었다. 내가 근래 파고 있는 사건에 대해 말할 때마다 마치 흥미진진한 추리소설을 읽는 것처럼 눈을 반짝였다.

"고모도 그런 친구 있었어? 비밀스럽고 특별한 친구."

"왜 지금은 없다고 생각하냐."

말해 봤자 입만 아플 거 같아서 나는 그저 어깨만 으쓱해 보였다. 고모는 허허 웃더니 가만히 시간을 돌이켜 보는 듯이 시선을 허공에 두었다.

"어디 보자. 음. 나도 있었지. 그러고 보니 네 나이 때네."

"정말? 어떻게 특별했는데?"

"엄청 특별했지. 내 소원을 들어줬거든. 비밀스럽게."

"무슨, 요정이야? 소원을 들어주게."

"요정……. 그래, 요정이었네."

빙싯 미소를 짓는 고모의 표정이 어쩐지 조금 아련해 보였다.

"그냥 그렇게 믿고 있어. 모든 게 그 친구 덕분이라고. 말도 안 되는 일 같기는 하지만 가끔은 정말 그런 일이 일어나기도 하니까."

고모는 알아들을 수 없는 말을 혼자 중얼거리고는 곧 다시 짓궂은 표정으로 돌아와서 내 얼굴을 들여다보며 말했다.

"어쩌면 똥꼬땅 네 나이 때가 가장 좋을 때인가 보다. 비밀스럽고 특별한 친구를 사귀기 좋은……."

그때 스마트폰에서 새로운 메일이 왔다는 알림음이 울렸다. 솜이가 보낸 메일이었다.

'명탐정, 아까 말했던 저주 의뢰 메일 전달한다! 진짜 아무리 생각해도 아쉬워. 그때 우리가 친구였으면 얼마나 좋았을

까. 그래도 이렇게 만났으니까 다행이야. 마녀와 탐정은 정말 찰떡궁합인 거 같아!'

나도 모르게 웃음이 났다. 고모 말대로 내 나이가 그런 친구를 사귀기 좋은 나이인지는 몰라도 내게 그런 친구가 생긴 건 분명했다. 비밀스럽고 특별한 친구, 독고솜. 그렇게 생각하자 그런 친구를 둔 나 자신도 비밀스럽고 특별한 사람이 된 것 같은 느낌이 들었다. 왠지 용기가 났다. 비밀스럽고 특별한 친구를 위해 용기를 내고 싶어졌다. 그 친구가 조금 무서운 데가 있더라도 말이다.

순간 호기심이 꿈틀거렸다.

대놓고 드러내기엔 좀

께름칙한 호기심이었다.

여왕 단태희

세상의 이치

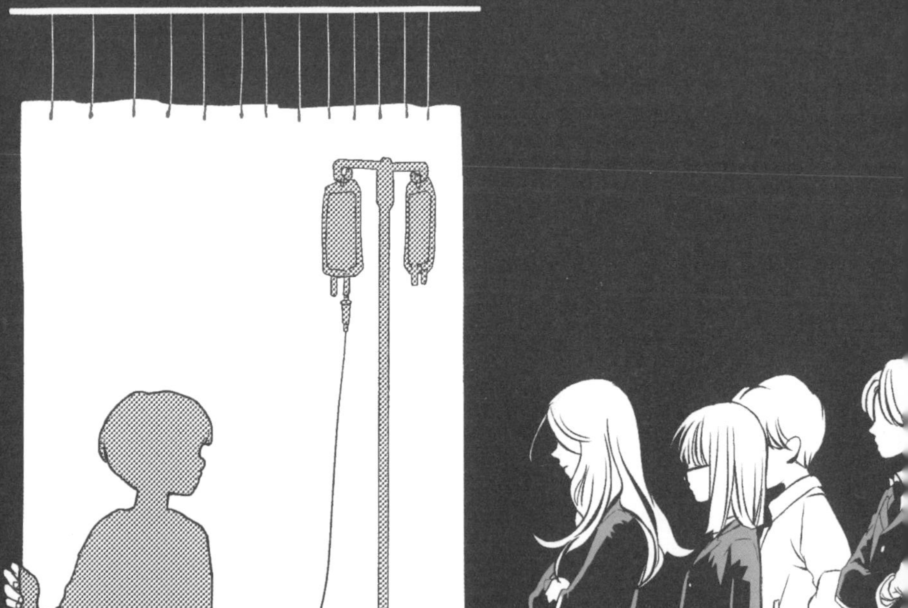

사실 그 일은 전혀 계획에 없었다. 자물쇠가 걸려 있지 않은 사물함을 본 순간 즉흥적으로 벌인 일이었다. 사물함의 주인은 독고솜. 독고솜은 언제나 보란 듯이 교과서를 사물함 안에 내팽개치고 다녔다. 내가 손을 쓴 건 맞지만, 아무렇게나 두고 다닌 사람에게도 책임이 있다. 자기 것은 자기가 지켜야 하는 법이다. 그게 무엇이든.

그냥 책을 몽땅 가져다 버릴 수도 있었지만 그건 어쩐지 시시하게 느껴졌다. 나는 좀 더 강한 경고를 주고 싶었다. 책갈피 사이 너덜너덜하게 뜯긴 종이 자투리를 보면서 내 경고를 뼛속 깊이 새기길 바랐다. 지금 누가 왕인지 똑똑히 봐. 행여나 내 자리를 넘볼 생각 따위는 안 하는 게 좋을 거야.

나는 한 손으로 책등을 쥐고 다른 한 손으로 낱장을 한 움큼 모아 천천히 내려 찢기 시작했다. 종이 뭉텅이가 투박하게 찢겨 내려갔다. 거칠면 거칠수록 좋았다. 내 의도가 날 것처럼 보일수록 상대는 겁을 먹을 테니까.

내가 어렸을 때, 그러니까 학교에 들어가기 전까지는, 엄마 말에 따르면 나는 그야말로 천방지축이었다. 뛰어놀기를 좋아했고 누가 시비를 걸면 주먹부터 날렸다. 그런 내게 엄마는 항상 예쁜 원피스를 입히려고 했고 나는 움직이기에 편한 옷을 입겠다고 고집을 부렸다. 그래서 아침이면 무슨 옷을 입느냐로 한바탕 난리가 나곤 했다.

"진이 봐라. 오빠는 저렇게 엄마 말 잘 듣는데."

하루의 시작이 그랬다. 단진이와 비교당하는 것. 그럼 나는 심사가 뒤틀린 채로 단진이를 쏘아보았다. 얌전을 떨며 앉아 있는 모습을 보고 있자니, 꼭 나 한 소리 더 들으라고 일부러 저러는 게 아닌가 싶어서 분통이 터질 지경이었다.

"진이 봐라. 진이는 얼마나 의젓하고 남자답니. 태희 너도 좀 여자답게, 얌전하게, 응?"

엄마는 진이 봐라라는 말을 입에 달고 살았다. 단진이가 나보다 뭐가 더 뛰어나서 그러는 게 아니었다. 엄마는 그냥 내가 나답게 구는 모습을 좋아하지 않았다. '여자답게' 굴지 않는 게 나다운 거였는데 말이다.

흔한 일은 아니었지만 어쩌다가 단진이가 밖에서 싸우고 들어오면 엄마는 속상해하면서도 남자애들끼리 놀다 보면 그럴 수도 있지 하고 넘겼다. 이왕 싸운 거 단진이가 한 대라도 더 때렸길 바라면서 은근슬쩍 싸움의 승패를 물을 때도 있었다. 그런데 내가 싸우고 들어오면 엄마는 전혀 다른 반응을 보였다.

"여자애가 이게 뭐니, 진짜. 엄마 속상하게. 이렇게 야생마처럼 날뛰는 애를 누가 좋아해."

엄마 말이 전혀 틀린 건 아니었다. 엄마뿐 아니라 어린 나의 세계 속에 있던 대부분의 어른들이 그런 식으로 말했다. 그 세계에서 이쁨받는 애들은 공주님이나 꼬마 숙녀로 불렸다. 하지만 나는 그런 호칭이 전혀 탐나지 않았다.

그랬던 내가 변하게 된 계기가 있었다. 바로 단진이와 대판 싸운 날이었다. 그렇게 심하게 몸싸움을 한 적은 그 전에도 그 후에도 없었다. 일곱 살인 나는 아홉 살인 단진이와 키가 비슷했다. 내가 크다기보다는 단진이가 또래보다 작았다.

싸움의 발단이 어땠는지는 정확히 생각나지 않는다. 아마 티브이 리모컨을 가지고 시비가 붙었던 것 같다. 약을 올린 쪽은 나였을 거다. 화가 난 단진이가 먼저 나를 밀쳤고 나는 참지 않고 바로 덤벼들었다. 우리는 그날 몸싸움에서 할 수 있는 건 다 했다. 주먹으로 때리고 손바닥으로도 때리고 발로 차기도 하고 껴안고 뒹굴기도 하고 머리카락을 쥐어뜯기도 하고 손톱으로 할퀴기도 하고……. 심지어 싸우다 지쳐서 잠시 휴전 시간을 갖다가 서로 얼굴을 보는 순간 또 불붙어 치고받았다.

무엇보다 엄마가 곁에 없다는 점이 우리를 마음껏 활개 치게 만들었다. 단지 몇 시간 집을 비운 것뿐이라고 해도 그날 우리는 극한의 해방감을 맛보았다. 어쩌면 그 기분을 만끽하려고 일부러 그렇게 싸워 댔는지도 모르겠다. 나는 단진이가 그렇게 기운이 넘치는 모습을 처음 보았다. 그 기운이 몽땅 주먹에 실려 내게 날아오는 게 문제였지만.

집에 돌아온 엄마가 우리 꼴을 보고 기함을 한 건 당연했다. 아빠는 놀라서 입을 다물지 못했다. 단진이는 코피가 터졌고 내 팔에는 긁힌 상처가 가득했다. 둘 다 머리는 산발이었다. 그래도 누구 하나 먼저 울음을 터뜨리지 않았다. 나야 울면 지는 거라는 생각으로 꾹 참았지만, 단진이가 그러는 건 조금 의외였다. 엄마에게 달려가서 엄살을 피웠다면 모든 잘못을 내게 돌릴 수 있었을 텐데, 단진이는 그러지 않았다. 잠깐이나마 단진이가 꽤 기특하다는 생각이 들었다.

엄마는 금세 냉정을 되찾았다. 우리를 씻기고 약을 발라 주고 옷을 갈아입히고 재우는 동안 한 번도 인상을 쓰거나 큰소리를 내지 않았다. 나는 엄마가 방을 나갈 때까지 잠든 척하다가 거실에서 인기척이 들리자 냉큼 일어나 밖을 훔쳐보았다. 잠옷 차림의 엄마가 혼자 식탁에 팔을 괴고 앉아 있는 모습이 보였다. 음악도 없었고 커피도 없었고 책도 없었고 아빠도 없었다. 오로지 식탁 위 작은 조명만이 엄마와 함께였다. 나는 그런 엄마의 모습을 한참 동안 쳐다보다가 마침내 용기를 내어 다가갔다.

"엄마."

밤늦은 시간에 혼자 있는 엄마는 어쩐지 평소보다 다정해 보였다.

"왜 안 자고."

"잠이 안 와."

엄마는 물끄러미 나를 바라보다가 맞은편 의자에 앉으라고 손짓을 했다.

"뭐 먹을래?"

"아니."

나는 고개를 저으며 자리에 앉았다. 멀거니 내게 시선을 두던 엄마가 내 이름을 불렀다.

"태희야."

나는 엄마의 눈빛을 피하지 않고 마주했다. 엄마는 빙그레 미소를 지으며 말했다.

"우리 태희는 승부욕이 참 강하지. 뭐든 이기고 싶어 하지."

"응. 센 사람이 되고 싶어. 제일 센 사람."

"그래. 알아."

내 고집스러운 대답에도 여전히 엄마는 미소를 짓고 있었다.

"제일 센 사람은 어떤 사람일까?"

"아무한테도 지지 않는 사람."

내가 이렇게 쉬운 질문을 왜 하냐는 투로 망설임 없이 대답하자 엄마는 그럴 줄 알았다는 듯이 피식 웃었다.

"태희 말도 맞아. 그런데……."

엄마는 잠시 뜸을 들이다가 말을 이었다.

"아무한테도 지지 않는 사람보다 더 센 사람도 있어."

"어떤 사람?"

"아무한테도 지지 않으려는 사람한테 일부러 져 줄 수 있는 사람."

의미심장한 말투였다. 하지만 단박에 마음에 와닿지는 않았다.

"그런 사람이 더 무섭거든. 목적을 위해 성질을 죽이는 사람. 태희는 그럴 수 있을까?"

나는 그저 어깨를 으쓱해 보였다. 사실 엄마 말뜻을 잘 이해하지 못했다. 나는 고작 일곱 살이었다. 그냥 막연히 싸우지 말고 참으라는 말인가 보다 하고 이해할 뿐이었다.

"태희는 아직 모르겠지만 이 세상엔, 세상 돌아가는 이치라는 게 있어. 그걸 빨리 익혀야 제일 센 사람이 될 수 있거든? 태희는 뭐든 빨리 배우고 싶지?"

그건 맞는 말이었다. 이치라는 게 뭔지는 몰랐지만 그걸 익혀서 세질 수 있다면 남들보다 하루라도 더 빨리 터득하고 싶었다. 나는 잠자코 고개를 끄덕였다. 무엇보다 그날따라 나를 어르는 엄마의 목소리가 유난히 자상하게 들렸다.

"예를 들어 볼까. 태희도 이제 곧 학교에 들어갈 텐데, 글쎄 투표로 반장을 뽑는다는 거야. 근데 태희가 반장이 너무 하고 싶어. 그럼 어떻게 해야 할까? 반장 하겠다는 애들이랑 일일이 싸워서 이기면 될까? 아니면 나를 반장으로 뽑지 않으면 다 때려 버리겠다고 아이들에게 으름장을 놓으면 될까?"

나는 아무 대꾸도 하지 못했다.

"우리 태희 팔뚝 힘이 센 건 알지만 그것만으로는 제일 센 사람이 될 수 없어. 중요한 건 여기, 머릿속에 들어 있지."

엄마가 검지로 내 이마의 정중앙을 가리키며 말했다.

“그리고 학교에는 학생들만 있는 게 아니야. 또 중요한 존재가 있지.”

“선생님?”

“그래. 선생님이 인정해 주지 않으면 반쪽짜리 반장인 거야.”

정답을 맞힌 내가 기특하다는 듯이, 엄마의 얼굴에 미소가 어렸다.

“선생님한테 인정받으려면 어떻게 해야 할까?”

“말을 잘 들어야 해.”

“그리고?”

“수업 시간에 떠들면 안 돼.”

“그래. 그렇지.”

엄마가 웃으며 말을 이었다.

“공부 잘하고, 성실하고, 예의 바르고…… 그리고 싸우지 않고. 그러면 되는데, 근데 우리 태희는 그렇게 하고 싶지 않지?”

“응.”

“그럼 이렇게 생각하면 어떨까? 제일 센 사람이 되기 위해서 그렇게 한다고 생각하는 거야. 아무도 무시하지 못하는 사람, 누구도 건드릴 수 없는 사람, 그런 사람이 되기 위해서 하기 싫은 일도 하고, 하고 싶은 일도 안 하는 거라고.”

식탁 위 엄마의 손이 스르륵 내게로 다가왔다. 엄마는 내 팔뚝에 난 상처를 가만히 어루만지다가 나긋한 목소리로 물었다.

"우리 태희가 그럴 수 있을까?"

질문인지 바람인지 도발인지 알 수 없는 말이었다.

그 후로 나는 조금씩 변했다. 일곱 살의 내가 이해하지 못했던 엄마의 말들은 원형 그대로 내 머릿속에 남았다가 한 해 두 해 시간이 지나면서 서서히 내 행동에 영향을 주기 시작했다.

학교에 들어가면서부터는 팔뚝 힘을 덜 쓰려고 노력했고, 대신 머리를 굴렸다. 얼마 가지 않아 직접 싸움을 하는 것보다 싸움을 붙이는 쪽이 더 재미있을 때도 있다는 사실을 깨달았고 힘을 과시하는 것보다 알아서 고개를 숙이도록 분위기를 만들어 놓는 게 중요하다는 사실도 깨쳤다. 하지만 가끔 그런 생각이 들 때가 있다. 그냥 내 식대로 밀고 나갔으면 어땠을까 하는 생각.

아주 가끔은 일곱 살의 내가 그립다. 세상 무서운 것 하나 없던 천방지축 단태희. 세상의 이치를 그렇게 빨리 배우지 않았더라면 그 단태희는 어떻게 컸을까.

"그럼 오늘 전할 말은 여기까지."

종례 시간. 담임이 하는 말에 귀 기울이는 애들이 몇이나 될지. 다들 이미 엉덩이가 들썩거리는 시간이다.

"아아, 그리고 영미는 지금 봐서는 며칠 더 쉬어야 할 거 같다고 하니까 그렇게들 알고 있고……."

은영미는 삼 일 전부터 학교에 나오지 않았다. 몸이 좀 안 좋아서 며칠 병원에 있어야 한다고 했다. 담임은 종례 시간마다 짧게나마 은영미의 근황을 전해 주었다. 그래도 누구 한 명쯤은 같은 반 친구의 소식을 궁금해할 거라고 생각하는 듯했지만 아이들의 반응은 시큰둥했다. 애들의 머릿속에는 일 초라도 빨리 짐을 챙겨 학교를 빠져나갈 생각밖에 없었다.

"그럼 정말 종례 끝. 집에 일찍들 들어가도록."

담임은 맥없이 대답하는 아이들의 인사를 받으며 교실을 나섰다. 나는 속으로 숫자를 세었다. 삼, 이, 일. 담임이 나가고 삼 초만 지나면 애들은 언제 그렇게 힘이 없었냐는 듯이 떠들어 댄다. 왁자지껄한 분위기 속에서 박선희가 쪼르르 내 자리로 달려왔다. 어느새 가방까지 챙겨 든 박선희는 급히 할 말이 있는 것처럼 눈을 반짝이며 말했다.

"영미 얘기 들었어?"

"그냥 말해."

박선희는 흥미를 돋우기 위해 쓸데없이 서론이 길 때가 많다. 머쓱해진 박선희가 우물쭈물 말을 이었다.

"영미 입원한 병원에 다른 반 애가 다녀왔나 본데……."

"다른 반?"

"응. 4반에, 영미랑 제일 친한 애래. 초등학교 때부터 단짝이었나 봐. 우리 반엔 친한 애가 없잖아."

은영미. 좀 답답한 아이. 누가 뭘 물으면 항상 우물쭈물 대답을 잘 못하고 조금만 큰 소리가 나도 과장되게 움찔거리는 아이. 단정하지 않은 건 아니지만 그렇다고 깔끔해 보이진 않는 아이. 은영미는 그냥 딱 그 정도 인상을 주는 아이였다. 그나마 흥미로운 건 다른 반에 친한 친구가 있다는 사실이었다.

"근데 걔가 영미 상태 보고 너무 놀랐다는데……."

"왜?"

"온몸이 상처투성이였대. 멍들고 터지고. 정말 무서운 게…… 그냥 길을 걷는데 모르는 사람이 갑자기 때렸다는 거야. 마구잡이로."

"뭐? 어디서?"

"나도 자세한 건 몰라. 경찰도 왔다 갔다는데 범인을 잡을 수 있을지는 모르겠대. 영미가 아무 말도 못 하는 상태인가 봐. 정신적으로 너무 충격을 받아서……."

솔직히 조금 놀랐다. 그런 일은 서울처럼 큰 도시에서나 일어나는 일인 줄 알았다. 이곳 사람들은 서로 촘촘하게 연결되어 있었다. 친분이 없는 사이라고 해도 잠깐만 대화하다 보면 공통의 지인을 찾아낼 수 있는 이런 작은 도시에서 묻지마 폭행이 일어날 거라고는 생각해 보지 못했다.

순간 호기심이 꿈틀거렸다. 대놓고 드러내기엔 좀 께름칙한 호기심이었다. 그래, 이런 사정까지 듣고서도 모른 척하기는 애매하잖아. 반장으로서 이런 일에 나서는 모습을 보이는 것도 나쁘지 않지. 나중에 담임 귀에 들어가도 좋을 법한 일이고. 병원에 다녀온 뒤 애들에게 전할 이야기도 분명 주목을 받을 거야. 나는 눈을 내리깔고 나지막이 일렀다.

"거기 병원 좀 알아봐. 영미 입원한 데."

"응? 왜?"

"같은 반 친구가 입원했는데 가 봐야지. 안 그래?"

박선희의 눈이 가느다래졌다. 내 의중을 파악했다는 뜻이다. 눈치 없이 떠들어 대는 거 같아도 박선희만큼 내 눈치를 잘 살피는 애도 없었다.

박선희는 생각보다 빨리 정보를 얻어 왔다. 입원할 만한 병원이 많은 것도 아니니 병원이 어디인지는 뻔했지만 병실은 은영미 친구에게서 알아내야 했다. 그런데 박선희는 병실 정보 외에 다른 소식도 함께 전해 주었다. 다른 반의 영미 친구, 우리 학교에서 유일한 은영미의 친구가 자기도 함께 가겠다고 했다는 것이다. 원래는 반 대표로 부반장과 둘이 갈 생각이었지만 가겠다는 사람을 말리기도 애매해서 결국은 총 네 명이 병문안을 가게 되었다. 세 명이 아니라 네 명인 이유는 박선희가 따라붙었기 때문이다.

"여긴 단태희. 우리 반 반장이야. 태희야, 얘는 영미 친구 지민이. 김지민."

서로 소개시켜 주는 역할은 박선희가 맡았다. 우리는 병원 앞에서 만나 간단하게 인사를 나누었다. 김지민은 어딘지 모르게 은영미와 분위기가 비슷하면서도 달랐다. 앞에 나서는 스타일은 아닌 것 같았지만 그렇다고 은영미처럼 수줍음이 많아 보이진 않았다.

"저기 부반장 온다."

부반장 우보연이 저쪽에서 우리를 보고 헐레벌떡 뛰어왔다.

"미안, 미안. 내가 제일 늦게 왔네."

약속 시간에 늦은 건 아니었지만 그래도 보연이는 내 기분을 살피며 사과를 했다. 우보연은 분위기를 잘 맞추는 유들유들한 성격이었다. 반 아이들도 뽀연 뽀연 하면서 우보연을 잘 따랐다. 웃는 낯에 느긋해 보이는 태도는 우보연의 트레이드마크였다. 좀처럼 잘난 척하지 않는 점도 인기를 얻는 데 한몫하는 걸로 보였다. 본인 외모를 비하하는 농담을 하는 데에도 거리낌이 없었다. 내 취향은 아니었지만, 어쨌든 다른 애들은 그런 농담을 좋아했다.

"태희 네가 말한 대로 다 사 왔지."

보연이가 헤헤 웃으며 양손을 들어 보였다. 한 손엔 음료수 박스, 다른 한 손엔 과자 박스가 들려 있었다.

"잘했어. 얼마 썼는지 알려 주면 입금할게."

"에이 뭘. 안 줘도 돼."

"아니, 이건 내가 사는 걸로 해. 이따 문자로 찍어 줘."

이번 병문안은 어디까지나 내가 주축이 되어야 했다. 하긴 이번만이 아니라 모든 일에 내가 중심이긴 했지만.

"그럼, 이제 들어갈까?"

내 말에 모두들 고개를 끄덕였다. 드디어 은영미를 보러 갈 시간이었다. 어디까지나 같은 반 친구를 챙기려는 마음으로 나선 반장인 나와 별생각 없이 반장이 가자고 하니까 따라온 부반장 우보연, 넘치는 호기심을 감출 줄 모르는 박선희, 그리고 은영미의 유일한 친구 김지민. 이렇게 네 명이 병실을 향해 걸음을 옮겼다.

"어, 저기 서율무 아니야?"

병원 복도를 걷는데 느닷없이 박선희가 큰 소리로 말했다. 박선희의 말대로였다. 복도 저만치에 서율무가 서 있었다. 나는 서율무와 어울려 본 적은 없지만 박선희가 이런저런 애기를 해 준 덕분에 서율무가 어떤 애인지는 얼추 알고 있었다. 서율무는 중학생이 되어서도 탐정, 아니 명탐정이 되겠다는 유치찬란한 꿈을 소중히 품고 사는 아이였다. 나는 박선희가 탐정 수첩 어쩌고저쩌고하며 떠들어 대던 순간부터 서율무에 대한 관심을 끊었다. 어느 정도 수준이 맞아야 신경도 쓰고 그러는 거 아닌가.

"뭐야, 독고솜이랑 같이 왔네?"

"뭐?"

서율무가 움직이자 정체가 드러난 낯익은 실루엣의 주인공은 정말 독고솜이었다. 요즘 독고솜과 서율무가 대화를 나누는 모습을 몇 번 보기는 했지만 전혀 예상하지 못한 장소에서 두 사람이 함께 있는 모습을 보니 이상했다. 독고솜이

학교 밖에서 또래와 어울리는 모습을 본 적은 한 번도 없었으니까.

"왜 왔냐고 물어볼까?"

박선희가 두 사람을 향해 목을 길게 뽑고 기웃거리며 말했다.

"가만있어."

나는 박선희의 팔을 잡으며 말했다.

"왜, 궁금하잖아."

박선희는 못내 아쉬운 듯이 복도 끝 비상구 쪽으로 향하는 두 사람의 모습을 눈으로 좇았다.

"쓸데없는 데 신경 쓰지 말고 우린 우리 일이나 보자."

지금 집중해야 할 일은 따로 있었다. 단호한 내 말투에 박선희는 더 토를 달지 못했다. 우보연과 김지민도 별말이 없었다. 그새 저편 둘의 모습이 자취를 감췄다. 병실로 향하는데 헛웃음이 나왔다. 독고솜도 별 볼 일 없네. 기껏 사귄 친구가 서율무라니. 어쩐지 독고솜마저 무척 하찮게 느껴졌다.

은영미가 있는 8인실은 빈 침대 없이 꽉 들어찼고 환자, 보호자, 손님 등이 복작거리는 어수선한 분위기였다. 유쾌하지 않은 낯선 공기에 인상이 찌푸려졌다.

"저기가 영미 자리."

김지민이 맨 안쪽 창가 자리를 가리키며 말했다. 그 방향으로 일제히 시선을 돌린 우리는 당황하지 않을 수 없었다.

심지어 김지민조차도 놀라서 중얼거렸다.

“어……, 왜 벌써?”

은영미는 이제 막 옷을 갈아입은 것처럼 보였다. 침대 위에 가지런히 벗어 둔 환자복 옆에는 작은 짐 가방이 놓여 있었다. 그때 옷매무새를 고치던 은영미가 고개를 돌렸다. 우리의 시선을 느낀 모양이었다.

“영미야, 너 퇴원하는 거야?”

갑자기 박선희가 병실 안쪽으로 달려가더니 영미에게 팔짱을 꼈다. 영미는 혼란스러워 보였다. 그럴 만도 했다. 은영미와 박선희가 평소 몇 번이나 대화를 나눴을지 안 봐도 뻔했다. 그런데도 김지민보다 더 걱정하는 얼굴로 살갑게 다가가니 코웃음밖에 나지 않았다. 슬쩍 김지민의 얼굴을 살펴보았다. 박선희가 나대는 순간 김지민의 차분한 얼굴 위로 언뜻 스치는 싸늘한 표정을 나는 놓치지 않고 읽어 냈다.

은영미는 아무 말도 하지 않았다. 그렇다고 박선희의 팔을 내치지도 않았다. 그럴 기력도 없어 보였다. 눈 주변엔 긁힌 듯한 상처가 있었고 입술은 찢어진 상처 때문에 퉁퉁 부어올라 있었다.

“조심해. 영미 갈비뼈 금 가서……”

김지민이 앞으로 나서며 말했다. 데꺽 팔짱을 낀 박선희를 나무라는 말투였다. 그때였다.

“아이고, 지민이 왔냐. 친구들도 왔네.”

웬 할머니가 갓 빨아서 꼭 짠 듯한 손수건을 손에 들고 나타나며 반색했다. 정황상 영미의 가족, 그러니까 영미의 할머니일 터였다. 나는 할머니의 행색을 살피면서 눈치껏 나섰다.

"선희 넌 좀 이리 나와."

병원에 오기 전에 김지민은 영미가 얼마나 다쳤는지 귀띔해 주었다. 사전에 얘기를 들었으면서도 물색없이 설치는 건 딱 박선희다운 행동이었다.

"영미야, 놀랐지? 네 소식 듣고 걱정돼서 왔어."

김지민이 할머니와 인사를 나누는 사이 나는 영미를 향해 걱정스러운 투로 말을 건넸다. 내 말이 끝나기 무섭게 우보연이 너글너글 웃어 보이며 침대 위에 음료수와 과자 박스를 올려놓았다.

"몸은 좀 괜찮니?"

은영미는 말없이 나를 쳐다보았다. 좀처럼 읽어 낼 수 없는 표정이었다. 내가 알 수 있는 거라고는 은영미가 아무 말도 하지 않을 거라는 사실뿐이었다.

솔직히 조금 뜻밖이었다. 은영미에 대한 인상이 흔들리는 순간이었다. 나는 영미가 겁에 질려서 떨고 있을 거라고 생각했다. 작은 일에도 움찔거리고 매사 자신감이 없는 아이. 나는 그런 은영미를 다독여 주고 위로해 주는 역할을 맡고자 했다. 그런데 나를 마주한 은영미는 내가 생각했던 것과 전혀 다른 얼굴을 하고 서 있었다. 도무지 해석이 안 되는 텅 빈 눈빛을 하고서.

그날 내뱉지 못한 외마디 비명이

영미의 목구멍에 화석처럼 걸려 있었다.

그것이 영미의 목구멍을 꽉 막고 있었다.

탐정 서율무

긴 시간을 돌고 돌아야

'수수께끼 꼽등이 사건'의 주인공 은영미는 조용하고 친절한 아이였다. 초등학교 때부터 그랬다. 부끄러움을 잘 타서 누가 느닷없이 말을 걸면 얼굴을 붉히며 당황했지만 그렇다고 아예 입을 닫아 버리는 성격은 아니었다. 성질 급한 애들은 영미를 답답해했지만 내가 보기에 정작 답답한 쪽은 그 애들이었다. 조금만 기다리면 다정하고 상냥한 영미의 목소리를 들을 수 있을 텐데, 고새를 못 참고 돌아서 버리니 안타까울 따름이었다.

모두 자기 무리를 찾아 헤매는 1학년 1학기, 그 난리법석의 시기를 영미는 아무 데도 끼지 못한 채로 보냈다. 여름방학이 끝나고 2학기가 시작되자 상황은 더 나빠졌다. 방학 동안 따로 친목을 다진 애들은 서로 꼭 들어맞는 톱니바퀴처럼 굴었다. 한 치의 틈도 허용하지 않고 맹렬히 돌아가는 톱니바퀴 사이에서 영미는 점점 투명인간이 되어 갔다. 하지만 그런 영미를 지켜보면서 나는 동정심보다는 동질감을 느꼈다. 영미가 아이들의 관심에 목매지 않는다는 걸 알았기 때문이다.

영미는 반 아이들의 무관심 속에서도 꽤 의연했다. 나는 언제나 그런 영미의 모습을 좋아했다. 우리는 종종 가벼운 대화도 나눴다. 항상 내가 먼저 말을 걸긴 했지만 영미는 단 한 번도 허투루 대꾸한 적이 없었다. 별 뜻 없이 날씨 얘기를 던져도 영미는 한마디 한마디 고르고 골라 대답했다. 질문을 던져서 관심을 표현하기보다는 상대방의 말을 경청하며 마음을 쓰는 성격이었다.

예전에 내가 쪽지로 꼽등이 사건의 범인을 알려 주었을 때도 그랬다. 발신인을 밝히지 않은 쪽지에도 영미는 꾹꾹 눌러쓴 편지로 화답했다. 곱게 접힌 편지는 내가 쪽지를 놓아두었던 영미의 책상 위에 놓여 있었다. 나는 그 후로 쭉 그 편지를 탐정 수첩 사이에 끼워 넣고 다닌다.

물론 영미가 혼자 있는 걸 아무렇지 않게 여겨서 투명인간 생활을 별 탈 없이 해 나가는 건 아니었다. 다들 조금만 관심을 가졌더라면 알았을 거다. 영미의 자기소개글을 한 번이라도 눈여겨봤다면 말이다. 영미가 그토록 의연할 수 있었던 이유가 거기 고스란히 적혀 있었으니까.

영미에겐 진짜 친구가 있었다. 영미가 좋아하는 진짜 친구. 영미는 쉬는 시간마다 한걸음에 복도 끝 4반으로 향했다. 4반에는 김지민이 있었다. 비록 같은 반은 되지 못했지만 영미와 지민이는 짧디짧은 십 분의 쉬는 시간을 알뜰히 사용했다. 자리에서 소곤소곤 이야기를 나누기도 하고 나란히 복도를 걷기도 하고 함께 화장실에 다녀오기도 했다. 하지만 우리 반 아이들은 아무것도 몰랐다. 아무도 교실을 나서는 영미의 표정이 얼마나 들떠 있는지 몰랐을 뿐 아니라 그 누구도 영미의 빈자리를 눈치채지 못했다. 오히려 우리 반 애들보다 4반 애들이 영미에 대해 잘 아는 듯했다. 김지민의 친구 은영미. 지민이 옆에서 영미는 존재감 있는 아이가 되었다.

그런 영미가 갑자기 학교에 나오지 않았다. 전날까지만 해도 멀쩡해 보였는데 느닷없이 몸이 안 좋아서 입원을 했다는 거다. 피곤한 기색도 없었고 기침 한번 하지 않은 아이가 하룻밤 새에 며칠이나 입원을 해야 할 정도로 아프다니. 탐정이라면 한번 생긴 의심을 그냥 덮어 버릴 수는 없는 법이다. 나는 모든 사정을 다 알고 있으면서도 부러 알려 주지 않는 담임을 가장 먼저 찾았다.

"병원에 가 보겠다고요?"

담임은 존댓말과 반말을 섞어 쓰는 버릇이 있었다. 흥미롭다는 듯이 미소를 짓는 담임의 목소리 톤이 조금 올라갔지만 교무실 내에 우리 대화에 신경 쓰는 사람은 없어 보였다. 나는 고개를 끄덕이며 대답했다.

"네. 아프다니까 걱정이……."

선생님 말을 믿을 수가 없어서 직접 가 보려고요. 이게 진실이었지만 그대로 말할 수는 없는 노릇이었다. 그래서 반은 진짜, 반은 거짓인 대답을 내놓았다. 아프다는 말은 믿지 않지만 어쨌든 걱정이 되는 건 사실이었다.

"영미랑 친하니?"

중요한 질문이라는 듯이 내 쪽으로 몸을 기울이며 담임이 물었다. 너벳벳한 얼굴엔 주름이 가득했다. 나는 담임의 입가 주름에 아직 남아 있는 웃음기를 눈으로 좇으며 대답했다.

"가끔 얘기하는 사이예요."

담임은 가만히 뭔가 생각하는 듯이 무릎 위 검지를 까닥까닥 움직였다. 굵은 손마디가 둔탁하게 아래위를 향했다.

"그래. 영미도 친구가 찾아가면 마음이 좀 좋아지지 않을까 싶네. 대신 다녀와서 다른 친구들에게 이런저런 얘기는 하지 않는 게 좋을 것 같구나. 선생님이 보기엔 율무가 그렇게 이 얘기 저 얘기 하고 다니는 성격 같지는 않고 속이 깊을 것 같은데."

내 표정을 살피며 조심스럽게 말하는 담임을 보니 정말 영미에게 무슨 사정이 있기는 한 것 같았다.

"그냥 걱정돼서 가는 거예요. 애들한테 떠들 일은 없을 거예요."

이번에는 거짓이 섞이지 않은 대답이었다.

"그래요. 그럼 됐다. 가서 잘 다독여 주고 오면 좋겠네요."

담임이 흡족한 표정으로 내 어깨를 두드리며 말했다. 나는 영미가 입원한 병실 정보를 받아 들고 교무실을 나선 뒤 바로 솜이를 찾았다. 처음부터 나 혼자 병원에 갈 생각은 없었다. 솜이는 내 파트너니까. 가끔, 조금은 무서운 내 파트너.

솜이가 흔쾌히 응해서 우리는 그날 하굣길에 바로 영미가 입원한 병원으로 향했다. 가는 내내 솜이는 콧노래를 흥얼거렸다. 병문안을 가는데 도대체 왜 신이 난 건지 알 수 없었다. 솜이가 기분이 좋으니 당연히 나도 좋았지만 보는 눈이 많은 곳에선 마음을 졸일 수밖에 없었다. 혹시라도 솜이 기분이 너무 좋아져서 깜빡하고 능력을 조절하지 못하면 큰일인데.

병원에 도착해서야 나는 솜이가 들썽거린 이유를 알게 되었다. 병원에 있는 수많은 사람들, 그러니까 아프거나 다친 사람들, 아프거나 다친 사람들의 가족, 아프거나 다친 사람들을 돌봐 주는 직원들, 그 모든 사람들이 솜이를 설레게 만든 주인공들이었다. 솜이는 병원에 들어서자마자 콧노래를 멈추고 얼굴에서 웃음기를 지우더니 그야말로 유령처럼 사람들 사이를 돌아다녔다.

사람들은 전혀 눈치채지 못하다가 갑자기 옆에서 조그만 손이 쓱 명함을 들이밀면 그제야 화들짝 놀라며 똥그래진 눈으로 솜이를 쳐다보았다. 그러면 검은 머리를 길게 늘어뜨린 창백한 피부의 소녀는 마치 당신이 원하는 게 무엇인지 정확히 안다는 표정으로 차분히 주문을 걸었다.

잠깐이나마 마음이 평온해지는 주문이야. 솜이는 그렇게 말했다. 오래가진 않아. 그래도 아주 잠깐, 근심 걱정 없는 마음이 어떤 건지 맛볼 수 있지.

솜이의 주문에 걸린 사람들은 순순히 솜이가 건넨 명함

을 받아 들었고 솜이가 자리를 떠난 후에도 명함에서 눈을 떼지 못했다. 솜이의 말대로 아주 짧은 시간, 고작 삼십 초 정도만 지속되는 주문이었지만 효과는 대단해 보였다. 사람들은 꿈을 꾸듯 아련한 미소를 짓다가 아주 소중한 것을 품듯 명함을 챙겼다.

문득 솜이가 저주 말고 그런 주문만 걸 수 있다면 얼마나 좋을까 하는 생각이 들었다. 사람들의 마음에 평화를 주는 주문. 하지만 솜이의 말에 따르면 그 주문은 마녀들이 영업을 위해 만들어 낸 꼼수 같은 것이었다. 마음의 평화를 맛본 사람들이 더 근원적인 내면의 문제를 해소하기 위해 마녀를 찾아오게 만드는 일종의 마케팅 전략이라고 했다.

“이제 그만하고 가자. 병실은 삼 층이야.”

나는 솜이를 재촉했다. 그대로 두었다가는 끝이 나지 않을 것 같았다.

“미안. 사실은 오늘 처음 해 보는 거라서 나도 모르게 흥분했나 봐.”

솜이가 얼굴을 붉히며 말했다.

“정말? 전혀 몰랐어. 아주 잘하던데.”

“그래? 전에 엄마가 하는 거 구경만 했지, 혼자 하는 건 처음이야!”

칭찬을 들은 솜이는 좋아 죽겠다는 듯이 발을 동동 굴렀다. 뿌듯해하는 솜이를 보니 마치 내가 가르친 것처럼 대견한 느낌이 들었다. 돌아가신 엄마를 생각하며 얼마나 열심히 했을까. 마녀의 일이라는 게 내게는 여전히 미스터리 그 자체였지만 적어도 그런 확신은 들었다. 독고솜은 타고난 마녀이자 마녀 중의 마녀가 될 거라는 확신 말이다.

"가자, 가자. 영미한테."

솜이가 내 손을 잡아끌며 말했다.

"어쩌면 사건의 주인공일지도 모르는 인물!"

"그런 거 아니야. 걱정돼서 가는 거지."

"탐정으로서의 호기심은 아니고?"

호기심이라는 말을 들으니 어쩐지 마음이 편치 않았다. 끝없는 호기심이야말로 탐정 자질의 기본인데 왜 그 말이 마음에 걸리는지 알 수 없었다. 좋은 탐정은 아무도 관심 두지 않는 일에 마음을 쓴다. 마음을 써서 살펴보고, 기록하고 기억한다. 필요할 때는 발로 뛰어다닌다. 그리고 나는 좋은 탐정이 되고 싶다.

"명탐정 네가 그냥 병난 게 아니고 다친 거 같다고 했잖아."

솜이가 눈을 반짝이며 말을 이었다.

"어디 명탐정의 추리가 맞는지 가 보자!"

스마트폰뿐 아니라 엘리베이터도 좋아하지 않는 솜이는 내 손을 잡고 비상구 계단으로 이끌었다. 솜이를 따라 계단을 오르는데 체한 듯이 가슴이 답답해졌다. 불편한 마음이 불편한 속이 된 것 같았다. 나는 심호흡을 하면서 생각했다. 솜이가 내 몸을 붕 띄워서 삼 층까지 올려 주면 좋겠다고. 그렇게 쉽게 해결되면 좋겠다고. 모든 일이 그렇게 단순 명확했으면 좋겠다고. 하지만 병실 가까이 다가갈수록 내 마음은 점점 더 복잡해질 뿐이었다.

영미의 얼굴은 엉망이었다. 환자복 소매 끝에 드러난 손등도 엉망이었다. 영미의 몸은 드러나 보이는 곳 전부가 퍼렇거나 벌겋거나 검었다. 갑자기 영미가 외마디 소리를 지르며 울부짖는다고 해도 하나도 이상하지 않을 것 같았다. 하지만 영미는 아무 말도 하지 않았다. 영미의 상처도 영미의 몸도 비명을 지르고 있는 거 같은데 그 비명엔 소리가 없었다.

"아이고, 고맙네. 이렇게 와 줘서 고맙네."

침묵을 깬 사람은 옆에 있던 영미의 할머니였다.

"나는 우리 영미, 친구라고는 지민이밖에 없는 줄 알았지. 고맙네, 고마워."

할머니의 주름진 얼굴에 웃을 듯 울 듯 복잡한 표정이 어렸다. 영미는 나와 솜이가 보이지도 않는 것처럼 멍하니 창밖을 바라보았다.

"할머니, 앉으세요. 앉아서 말씀하세요."

나는 우리를 반기느라 굽은 허리로 불편하게 서 있는 할머니를 붙잡아 자리에 앉혀 드렸다. 솜이는 그런 상황이 어색한지 말없이 내 옆에 딱 붙어 있었다.

할머니가 가슴을 문지르며 이야기를 시작했는데 목소리에 한숨이 섞여 나와 알아듣기 힘들었다. 나는 무릎을 구부리고 할머니와 시선을 맞췄다.

"내가 아주 속이 타들어 가. 아이고, 세상에 어째 이런 일이……."

할머니의 눈꼬리에서 눈물이 배어 나왔다. 울먹이는 할머니의 목소리가 귀를 파고들었다.

"그 나쁜 놈을, 놈인지 년인지, 놈들인지 년들인지, 잡을 수 있을까 몰라. 확 잡았으면 좋겠는데. 경찰들이 해 줄까 몰라."

상황이 이럴 줄은 몰랐다. 도대체 누가 왜 이런 짓을 한 걸까. 어떻게 이런 짓을 할 수 있을까. 제가 잡을게요. 저랑 솜이가 꼭 찾아낼게요. 내 팔을 잡고 답답한 심정을 토로하는 할머니에게 그렇게 말씀드리고 싶었다. 하지만 울끈불끈한 속내와 다르게 입이 좀처럼 떨어지지 않았다.

답답한 마음에 솜이를 쳐다보았다. 솜이는 침대 끝에 서서 영미를 살펴보고 있었다. 영미는 솜이가 쳐다보거나 말거나 신경 쓰지 않는 것 같았다. 그저 조용히 자리에서 짐을 챙기기 시작했다.

"아이고 저거, 자꾸 집에 간다고. 돈 걱정이 돼서 저러는지……. 괜찮다니까. 더 있어도 된다니까."

"영미야, 정말 퇴원하려고?"

무슨 말이라도 해야겠다는 생각에 영미에게 말을 건넸다.

"말을 안 해. 그날 이후로 입도 벙끗 안 해. 경찰한테도 묻는 말에 고개 끄덕이거나 저을 줄만 알지 아무 소리 안 하고,

나한테도 안 하고. 지민이 걔가 왔을 때도 한마디도 안 했어. 그러니까 내가 속이……."

할머니의 목소리가 더듬더듬 이어졌다.

"노상 지나다니던 길인데 뭐 이런 일이 다 있는지. 거기가 좀 어둑하긴 해도 근방에 다 서로 아는 집들이고 낯선 얼굴 하나 없는 동네인데. 아이고……."

영미가 결석하기 전날은 칠 교시까지 수업을 했으니 종례와 청소를 마치고 집에 도착할 즈음이면 다섯 시에서 여섯 시 사이. 요 근래 다섯 시 반쯤 해가 지니까 늦장을 부리거나 중간에 어딜 들렀다면 꽤 어두웠겠지. 짧은 시간 동안 당한 거 같진 않으니 인적이 드문 장소였을 테고. 범인은 비겁하게 자기보다 약해 보이는 대상을 찾았을 거고 마침 혼자 걷고 있는 영미가 눈에 들어왔을 것이다. 그 순간 영미가 잘못한 건 하나도 없었다. 잘못된 장소, 잘못된 시간, 그런 건 없었다. 단지 잘못된 인간만이 있을 뿐이었다. 아무리 도와달라고 소리쳐도 들어 주는 이 하나 없는 컴컴한 곳에서 영미는 이유 없이 악의에 가득 찬 폭력을 견뎌야 했다.

나는 굳게 입을 다문 영미를 바라보며 생각했다. 그날 내뱉지 못한 외마디 비명이 영미의 목구멍에 화석처럼 걸려 있다고. 그것이 영미의 목구멍을 꽉 막고 있다고.

순간 병실에 오기 전 내가 느꼈던 불편함의 정체를 깨달았다. 인정하고 싶지 않았던 사실을 인정할 수밖에 없었다. 내가 거북해했던 건 나의 호기심이었다. 아무리 호기심이 아닌 걱정이라고 둘러대도 끝까지 나 자신을 속일 순 없다. 좋은 탐정이 되고 싶었던 마음은 순도 백 퍼센트였지만 좋은 친구가 되고 싶었던 마음은, 글쎄, 백 퍼센트에는 한참 못 미치지 않았을까.

그때였다.

조심스럽게 영미를 살펴보기만 하던 솜이가 마침내 뭔가 마음먹은 듯이 또박또박 영미에게 다가갔다. 영미는 솜이가 어깨께까지 다가서자 그제야 고개를 돌려 솜이를 바라보았다.

영미의 등 뒤 창문을 통해 열감 없는 가을 햇살이 밀려들어 왔다. 빛무리가 내려앉은 영미의 옆얼굴이 파도가 부서지듯 하얗게 부서져 내리던 순간, 솜이가 천천히 손을 움직였다. 느리게 흐르는 시간 속에서 솜이의 손이 영미의 손에 부드럽게 가닿았다. 쏟아지는 햇살에도 끄떡없는, 그 빛에 조금도 묻히지 않는 솜이의 새까만 눈동자가 영미에게 향했다. 그 순간 그 눈 안에는 영미밖에 없었다. 흔들림 없는 솜이의 검은 눈동자가 빛 속으로 사라져 가던 영미의 먼지 같은 얼굴을 붙잡았다.

얼마나 시간이 흘렀을까.

솜이가 손을 거두었다. 영미의 손등에 내려앉았던 나비 날개 같은 솜이의 손이 보드랍게 날갯짓을 하며 서서히 멀어졌다. 그와 동시에 창밖으로 구름이 유유히 흘러갔고 그 바람에 해가 잠깐 모습을 감추었다. 순간 훕 하고 숨을 들이쉬는 영미의 얼굴이 보였다. 영미는 그대로 호흡을 머금고 흔들리는 눈빛으로 솜이를 바라보았다. 영미의 눈 밑과 턱 밑, 도톰하게 올라온 살이 파르르 떨렸다. 그날 처음으로 그리고 유일하게 영미가 자기 감정을 드러낸 순간이었다.

"영미야."

나는 자리에서 일어서며 영미의 이름을 불렀다. 마음 놓고 떨지도 못하는 영미가 안쓰러워서 앞뒤 잴 것 없이 다가가 어깨를 꼭 안아 주고 싶었다.

하지만 그 순간 구름이 지나간 창밖 하늘에 다시 노란 해가 모습을 드러냈고, 영미의 흔들리는 눈빛은 햇빛 속에 묻혀 버렸다. 순식간에 무표정한 얼굴로 돌아온 영미는 자기를 부른 내 목소리가 들리지도 않는다는 듯이 내 쪽을 보지도 않고 솜이에게서도 시선을 거둬 버렸다.

나는 주춤했다. 무섭게 굳어 버린 영미의 얼굴을 보니 선뜻 용기가 나질 않았다. 그때 솜이가 나를 보며 말했다.

"오늘은 그만 가자."

차분한 목소리였다. 솜이는 침대 시트 위에 잠깐 손을 얹더니 영미에게 딱히 인사도 하지 않은 채 몸을 돌려 내게 다가왔다.

"할머니, 또 올게요."

"그래, 그래. 고맙다."

금방이라도 또 눈물을 흘리실 것 같은 할머니에게 작별 인사를 건네는 건 힘든 일이었다. 영미에게도 한마디 하고 싶었지만 입을 벙끗하기도 전에 영미가 몸을 돌려 버려서 결국 아무 말도 할 수 없었다.

"명탐정, 너무 걱정하지 마."

병원을 나와 타박타박 걷는데 솜이가 팔짱을 끼며 말했다.

"시간은 걸리겠지만 괜찮아질 거야. 분명히 느껴지거든. 말로 설명할 수는 없지만……."

마치 그 짧은 시간 동안 영미를 꿰뚫어 보기라도 한 듯이 솜이의 말투에 확신이 가득했다.

"그치만 혼자서는 힘들 거야."

나는 영미가 괜찮아지기까지 얼마나 시간이 걸릴지, 그 시간 동안 얼마나 괴로워할지 마음이 쓰였다.

"우리가 도와줘야지."

"범인을 잡아야 할 텐데……. 근데 범인을 잡는다고 해서 영미가 나아질 거 같지가 않아."

시무룩한 얼굴로 걷는 나를 곁눈질하던 솜이가 내 팔을 잡은 손에 힘을 주며 말했다.

"맞아. 그래서 아까 내가 그거 했잖아."

"응?"

"아까, 못 봤어? 내가 주문 거는 거."

"아…… 역시."

아마 그때였나 보다. 영미에게 솜이가 손을 내밀던 바로 그 순간…….

"왠지 그러고 싶었어. 영업용이 아니라, 그냥 잠깐이라도 마음이 편해졌으면 해서."

오직 선의로 건 주문이라니, 이런 요정 같은 마녀가 있다니!

솜이는 대수롭지 않다는 듯 어깨를 으쓱하며 말했다.

"너는 범인을 잡고 나는 영미가 다시 기운 차릴 수 있도록 도와주고……. 그럼 되는 거잖아?"

"기운 차리게? 어떻게? 계속 그 주문을 써서?"

"여러 가지 방법이 있겠지. 그건 나중에. 뭐, 명함도 두고 왔으니까, 영미가 도움을 받을 마음의 준비가 되면 연락해 올 거야."

나는 병실을 떠나기 전 침대 시트 위에 손을 올렸던 솜이의 몸짓을 떠올렸다. 아마 그때 명함을 두고 온 모양이었다.

"근데 그거 알아? 엄마한테 배운 주문 효력은 딱 삼십 초만 가는데, 나 방금 영미랑은 사십 초나 갔다?"

솜이가 화제를 돌려 재잘거렸다. 병원에 들어섰을 때만 해도 엄마 없이 처음 해 본 거라고 뿌듯해하기 바빴는데 병원을 나서기도 전에 혼자 힘으로 십 초나 늘렸다니, 그게 마녀에게 어느 정도 난도인지는 잘 몰랐지만 어쨌든 내 눈엔 퍽 대단하게 보였다. 도대체 솜이의 능력은 어디까지인 걸까?

"아무튼, 효과가 없진 않을 거야. 기다려 봐야지."

솜이의 말에 고개를 끄덕이며 제발 효과가 있기를 바랐다. 영업을 위한 꼼수이자 대대로 이어져 온 홍보 비법이라는 마녀들의 주문이 제발 그 효력을 제대로 발휘하기를, 그래서 영미가 꼭 연락을 해 오기를 바랐다.

오랜만에 고모네 집에 놀러 갔다. 고모는 모처럼 기분이 들떴는지 과자랑 아이스크림을 잔뜩 사다 놓고 나를 맞이해 주었다. 사방팔방에 쌓여 있는 책 때문에 여전히 집 안 꼴은 엉망이었고 거실 가운데 떡하니 놓인 책상 위엔 온갖 잡동사니가 쌓여 있었다. 그래도 내가 온다고 바닥 청소는 한 모양이었지만 조금만 신경 써서 보면 구석구석 먼지가 쌓이지 않은 데가 없었다. 베란다에 모아 둔 빈 맥주 캔도 아마 내가 오기 전까진 싱크대 위에 방치되어 있었을 터였다. 그래도 난 고모네 집이 좋았다. 고모네 집에만 오면 이상하게 마음이 편했다.

매년 무더위만 가시면 바로 꺼내 입는 두툼한 수면 바지를 어김없이 장착하고서 책상 의자에 앉아 몸을 빙글빙글 돌리며, 고모는 자기가 이번에 새로 발견한 만화책 얘기에 열을 올렸다. 고모 만화 취향은 소위 '병맛'이라고 불리는 쪽이라 나랑은 전혀 맞지 않았다. 나는 듣는 둥 마는 둥 하면서 고모가 내준 수면 바지를 입고 바닥을 뒹굴며 우적우적 과자를 먹었다.

"참, 너희 학교 아이……."

고모가 내 눈치를 살피며 운을 뗐다. 영미 이야기구나. 직감적으로 알아차렸다. 이런 소도시에선 입소문이 정말 빠르다. 병원에 다녀온 지 며칠 지나지 않아 지역 뉴스에도 나왔다. 사람 만날 일이 별로 없는 고모도 알 정도면 이젠 모르는 사람이 없을 터였다.

"응. 뉴스 봤으면 알겠네."

피해자가 우리 학교 학생이라는 사실이 이미 기사 댓글에 주르륵 달려 있는 상황이었다. 그래도 말을 아끼고 싶어서 대답을 얼버무렸다.

"아는 애니?"

고모가 조심스럽게 물었다. 나는 고개만 끄덕여 보였다.

"친구?"

이번에도 가만히 고개를 끄덕였다. 고모는 예상하지 못한 상황이었는지 검지손가락으로 눈썹을 문지르며 뜸을 들였다. 할 말을 찾을 때면 나오는 고모의 습관이었다.

"정말 무서웠겠다, 그 친구."

나는 병원에서 본 영미의 눈빛이 떠올라 가슴이 먹먹해졌다.

"저번에, 기억해? 고모한테도 비밀스럽고 특별한 친구가 있었다고 했던 거."

고모가 무릎에 팔꿈치를 기대 내 쪽으로 몸을 기울이며 말했다.

"그때 그 얘기를 해서 그런지 요즘 자꾸 그 요정 친구가 생각나더라고."

무슨 말을 하려나 싶어서 나는 가만히 고모의 이야기에

귀 기울였다.

“참 다정하고 친절한 아이였는데 엄청 배리배리해서 누가 걜 도와줬으면 도와줬지, 그 애가 누굴 도와줄 수 있을 거라고는 생각 못 할 정도였거든. 게다가 난, 그때 무진장 삐뚤어진, 성질 고약한 애였고. 당연히 그 애한테 한 번도 살갑게 군 적이 없었지. 그 애가 자꾸 말 거는 게 마냥 짜증 나고 귀찮기만 했어.”

“얼마나 삐뚤어졌었는데? 지금보다 더?”

“지금 생각하면 창피할 정도로.”

내 농담에 눈을 흘기지도 않고 고모는 다만 고개를 절레절레 흔들며 덧붙였다.

“제발 날 혼자 내버려 두라고 하고, 못된 말도 많이 하고. 꺼져 버리라고도 했으니까.”

나는 고모가 화내거나 말을 거칠게 하는 모습을 본 적이 한 번도 없었다. 예나 지금이나 혼자 있는 건 똑같이 좋아하지만 성격만큼은 확실히 좋아진 것 같았다.

“그런데 그때 난 누구보다 도움이 필요한 상태였거든. 웃기지. 세상에 상처를 많이 입다 보면 말이야, 가장 도움이 절실할 때에 꼭 필요한 도움의 손길이 찾아와도 선뜻 그 손을 잡을 수가 없더라고. 이미 상처가 많으면 생채기 몇 개 더 난다고 해도 별로 아프지 않을 거 같지만 사람 마음이라는 게 안 그렇거든. 또 상처받을까 봐 겁쟁이가 돼. 마음이 너무 너덜너덜해져서 작은 상처만 더해져도 죽을 거 같으니까. 그때 고모가 그랬어. 고모도 그랬고, 아빠도 그랬지."

나는 고모가 무슨 얘기를 하려는지 깨달았다. 아빠가 긴 이야기를 들려주었던 날, 그리고 내가 아빠를 더욱 사랑하게 되었던 날, 그날 들었던 이야기를 떠올리며 잠자코 고모의 이야기를 들었다.

"만약 그 애를 만나지 못했다면 난 계속 마음을 닫고 살았을지도 모르지. 꺼지라는 말에도 기죽지 않고 다시 나를 찾아와서, 이제 모든 게 해결될 거라고, 안심하라고 말해 준 것도 그 애였으니까. 그 어떤 어른도, 경찰도 해 주지 않았던 말이었어. 그런데 정말 그 일이 일어났지."

"무슨 일?"

"다음 날 그 사람들이 경찰에 붙잡혔거든. 내 부모. 나와 오빠를 학대하던 우리의 친부모가 나란히 현장에서 체포된 거야. 기적 같은 일이었어. 난 그 애가 하라는 대로 한 것밖에 없는데. 그 애가 그랬거든. 내일 또 괴로운 일이 생기거든 무조건 앞만 보고 달리라고. 그래서 그렇게 했어. 손찌검이 시작되자마자 무조건 달렸지. 얼마 안 가 붙잡히고 말았지만 맞는 와중에도 그 애 말이 생각나서 어떻게든 한 발 더 앞으로 내딛을 생각만 했어. 그런데 그때 순찰하던 경찰차랑 맞닥뜨린 거야. 평소 같으면 몇 마디 훈시만 하고 지나갔을 경찰이 무슨 일인지 적극적으로 나섰고. 정말 믿을 수 없는 건 잡혀간 인간들이 최면에라도 걸린 듯이 술술 잘못을 불었다는 거야."

아빠와 고모의 어린 시절 이야기는 이미 들어서 알고 있었지만 그 시절에서 벗어날 수 있었던 데에 요정 같은 친구의 힘이 있었다는 말은 처음 듣는 터였다. 나는 침만 꿀꺽 삼키며 고모의 이야기에 집중했다.

"그 후로 오빠랑 둘이 살면서 우여곡절이 많긴 했지만 신기하게 모든 일이 제법 잘 풀렸어. 정말 다행이지. 감사하고 소중한 기회들이 계속된 덕에 지금 이렇게 조카랑 뒹굴뒹굴하면서 밥벌이도 하고 살고 있으니."

고모가 고양이를 어루만지듯 내 머리를 쓰다듬었다.

"그럼 고모는 요정이 고모를 구해 줬다고 생각해?"

세상엔 진짜 마녀도 있으니 진짜 요정도 없으리란 법이 없다고 생각하며 고모에게 물었다.

"응."

고모가 싱긋 웃으며 대답했다.

"요정이 구해 줬다고 믿을래."

우리는 잠깐 작게 웃었다.

"근데 아무리 오래전 일이라지만 그 애 얼굴이 잘 기억이 안 나. 마치 누가 일부러 지워 버리기라도 한 것처럼 말이야. 그래도 남아 있는 건, 옅은 코코아 향. 그 애한테서 풍기던 그 향기밖에 없어."

고모는 숨을 들이쉬며 기억을 더듬는 듯이 아련한 표정을 지었다.

"근데 고모, 난 요정이 아니잖아."

"당연히 아니지, 똥꼬땅. 넌 탐정이잖아."

"그것도 잘 모르겠어. 영미네 동네를 둘러봐도 아무 단서도 못 찾겠고."

"밤에 간 건 아니지? 항상 조심해야 하는 거 알지?"

잠자코 고개를 끄덕였다. 까딱 잘못해서 고모가 엄마 아빠에게 내 행적에 대해 미주알고주알 다 말해 버리면 골치 아프니까. 나는 털어놓은 김에 줄줄 푸념을 늘어놓았다.

"이런 큰 사건은 처음이라 어디서부터 어떻게 해야 할지 모르겠어. 마음만 급하고, 폭행 사건이라니 좀 무섭기도 하고. 그래도 정말 영미를 돕고 싶어. 진짜 도움이 되고 싶은데……."

"아, 우리 똥꼬땅, 아니 아니 명탐정……."

돌연 짓궂은 표정을 지으며 내 머리카락을 흩뜨려 놓은 고모는 다시 목소리를 가다듬으며 담담하게 말했다.

"누굴 돕는 데 정답은 없어. 요정이나 탐정이 아니더라도 도울 수 있는 방법이 있지 않을까? 그러니까 너무 범인 찾는 데에만 골몰할 필요 없어. 그게 정답이 아닐 수도 있으니까."

부드럽게 미소 짓는 고모의 얼굴을 바라보는데 새삼 이 순간이 무척 소중하게 느껴졌다. 도움을 주려는 요정에게 꺼지라고 소리치던, 열네 살 상처투성이 고모의 모습이 그려지지 않을 정도로 편안해 보이는 표정 때문인 것 같다.

다행이라고, 정말 다행이라고 생각했다. 아빠와 고모가 지금 각자의 터전을 마련하기까지 얼마나 힘겨웠을지 상상조차 못 하겠지만, 정말 다행이라고 생각하며 말없이 고모를 껴안아 주었다.

요정이 돕든 마녀가 돕든 탐정이 돕든 아니면 똥꼬땅이 돕든, 마법을 부려서 돕든 저주를 내려서 돕든 범인이 죗값을 치르게 해서 돕든 그저 안아 주기만 하든, 중요한 건 오직 한 발 다가설 용기를 내는 일이었다. 누가 어떻게 돕는지에는 정답이 없었다. 그 결과는 어쩌면 긴 시간을 돌고 돌아야만 확인이 가능할 수도 있다.

결국 정답이 없다고 하는 고모의 말이 정답인 것 같았다.

남의 이야기는 하기 쉬웠고 나쁜 이야기는 흥미를 끌었다.

그러니까 결국, 멀리 그리고 빨리 퍼지는 소문의 핵심은

다름 아닌 타인의 불행이었다.

여왕 단태희

감히 겁도 없이

성금을 걷자는 건 박선희의 생각이었다. 영미네 형편이 꽤 어려운 듯하니 십시일반 돈을 모아 영미를 도와주면 어떨까 하고 선희가 운을 떼자 나와 우보연은 동시에 김지민을 쳐다보았다.

평소에 은영미에게 별로 관심이 없긴 했지만 그렇게까지 집안 사정이 나쁠 줄은, 영미 할머니를 보기 전까진 상상도 못 했다. 할머니는 낡아 빠진 옷들을 껴입고 있었다. 머리부터 발끝까지 죄 어디서 주워 입은 듯이 제각각이어서, 어쩐지 우스꽝스럽기도 하고 기괴해 보이기도 했다.

영미 할머니는 자신을 보고 놀란 내 마음을 아는지 모르는지, 서슴없이 내 손을 쥐더니 고목나무 껍질 같은 손바닥으로 내 손등을 거칠게 쓸었다. 나는 표정을 숨기며 적당한 순간에 슬쩍 손을 빼냈다. 할머니의 손이 지나간 자리에서 퀴퀴한 냄새가 나는 것만 같았다.

문득, 엄마가 화장품이나 샴푸, 보디로션 등에 유난을 떠는 이유가 거기 있을지도 모른다는 생각이 들었다. 엄마는 은은하고 고급스러운 향이 따로 있다면서, 단순하고 진한 향은 싸구려라고 치부했다. 엄마 말대로라면 영미와 영미 할머니는 몸에 뿌릴 싸구려 향조차 구할 여유가 없는 사람들이었다. 박선희가 말한 대로 형편이 꽤 어려운 가정. 불우 이웃.

"영미가 불편해할 거야."

김지민은 말은 그렇게 하면서도 고민이 되는 듯이 입술 안쪽을 깨물었다.

"그래도 도움이 되지 않을까? 아직 퇴원 안 했다며. 보탬이 되면 좋잖아. 할머니는 좋아하실 수도 있고."

우보연이 시원스러운 목소리로 말했다.

"글쎄……."

김지민은 여전히 망설이는 눈치였다.

"병원비 얼마 안 나온다고 해도 영미네한테는 부담스럽지 않을까?"

"맞아. 퇴원하더라도 치료는 계속 받아야 할 거 아냐."

우보연의 말을 박선희가 거들고 나섰다.

"좋은 뜻이니까 영미도 이해하겠지. 자존심 상할 일이 아니잖아."

우보연이 아무도 꺼내지 않았던 자존심이라는 단어를 속 편하게 내뱉었다. 분명 별생각 없이 던진 말일 터였다. 우보연은 털털한 화법으로 인기를 얻었지만 난 진즉 알았다. 우보연이 털털해 보이는 이유는 철저하게 자기중심적이기 때문이라는 것을. 남의 얘기엔 관심도 없고 이해하기도 귀찮아하는 사람에게 남의 심정이나 처지를 헤아린 언행을 기대하는 건 무리다. 물론 나한테 그러는 게 아닌 이상 별 상관은 없지만.

"근데…… 영미가 자존심이 좀 세서."

나는 김지민의 말에 고개를 끄덕였다. 내가 은영미라도 갑자기 친구랍시고 돈을 건네는 반 아이들이 달갑게만 보이진 않을 것 같았다. 그러면서도 한편으로는 정말 힘든 처지라면 잠깐 자존심을 내려놓고 도움을 받을 수도 있는 거 아닌가 하는 생각이 들었다.

"영미가 할머니를 좋아하니?"

내가 입을 열자 모두의 시선이 내게로 쏠렸다.

"응? 어, 그렇지. 가족은 할머니밖에 없으니까."

김지민이 대답했다.

"그럼 할머니께 먼저 여쭤보고 결정하자. 할머니한테 도움이 된다면 영미도 결국에는 받아들일 테니까."

나는 혹시라도 은영미가 우릴 탓할 경우에 대비해 안전 장치를 하나 달아 두었다. 물론 내가 직접 영미 할머니를 만나러 또 병원에 갈 생각은 없었다.

"그건 지민이 네가 해 줄 수 있지?"

거절할 명분이 없는 부탁이었다. 김지민은 순순히 그러겠다고 하면서 또 입술 안쪽을 잘근잘근 씹었다. 물어보나 마나 한 일이라고 생각하는 거겠지. 내 귀에도 벌써부터, 아이고 고맙다, 아이고 고마워, 하는 할머니의 목소리가 들리는 듯했다. 김지민이 할머니의 승낙을 받아 오면 우리는 모금을 시작할 것이고, 돈이 모이면 영미와 영미 할머니에게 그 돈을 건넬 터였다.

나는 양미간에 주름이 깊어진 김지민을 보면서 생각했다.

저렇게 주저하는 걸 보니 어쩌면 내 생각보다 훨씬 대단할지도 모르겠다고. 영미의 자존심 말이다.

"그래, 모금을 시작했다고?"

쉬는 시간, 담임이 복도에서 나를 불러 세우고 물었다.

"네. 벌써 제법 모였어요."

나는 박선희가 말했으려니 하고 대답했다. 박선희는 선생님들 앞에서도 좀처럼 입을 다물지 않는다. 물론 이번 일은 박선희가 많이 떠들어 줄수록 좋았다. 좀 고리타분하긴 하지만 불우 이웃 돕기에 앞장선 아무개라는 소리를 듣는 게 나쁠 건 없었다.

"언제 그렇게 병원에도 다녀오고……."

담임이 안경을 추어올리며 말했다. 나는 안경알 너머에서 기특해 죽겠다는 담임의 표정을 발견하기를 기대하며 안경테가 제자리에 돌아오기를 기다렸다. 그런데 담임은 단번에 알아차리기 힘든 표정으로 내 얼굴을 멀거니 들여다보다가 불쑥 질문을 꺼냈다.

"영미랑 친했니?"

"4반 김지민이 영미 절친이라 사정을 전해 들었어요."

나는 아니요라는 대답을 쏙 빼고 적당히 둘러댔다. 오직 내 선의만이 돋보이길 바랐다. 선생님 말을 잘 듣는 똑똑한 아이에서 좋은 일을 찾아 도모할 줄 아는 리더로 격을 올릴 기회였다.

“저야 같은 반이니까 가 보는 게 당연하고요. 제가 가겠다니까 다른 애들도 같이 가겠다고 하더라고요.”

우리 반에서의 내 영향력을 담임이 느끼길 바라며 덧붙여 말했다.

“그래요. 사람을 돕는 일에 친분이 중요한 건 아니지요.”

그제야 담임이 입가에 희미한 미소를 띠며 말했다. 담임이 왜 칭찬에 인색하게 구는지 못마땅했지만 일단 그 정도로 만족하기로 했다. 제대로 된 칭찬은 성금을 전달하고 나서 받아도 되니까.

“영미는 알고 있고?”

“아마 알 거예요. 영미 할머님이 고맙다고 하셨거든요.”

김지민을 시켜 할머니의 허락을 구해 놓기를 잘했지. 나는 속으로 나 자신의 총명함을 칭찬해 주었다.

“그래. 그렇구나. 신경을 많이 썼네요.”

담임은 그렇게 말하며 검지와 엄지로 안경다리를 잡고 두툼한 콧등 언저리에 놓인 안경 자리를 다시 한번 가다듬었다. 언뜻 담임의 얼굴에 어린 미소가 좀 더 짙어진 것 같기도 했다. 그럼 그렇지. 이런 일을 싫어할 선생님은 없다. 아이들이 하는 일이 못 미더워 잠깐 노파심이 들 수는 있겠지만.

“네. 끝까지 잘 마무리할게요.”

나는 최대한 의젓하게 보이기 위해 목소리를 깔고 말했다.

성금을 걷는 과정은 순조로웠다. 은영미라는 애가 우리 반에 있는지 알고는 있었을까 싶은 애들까지 군소리 없이 지갑을 열었고, 어떤 애들은 부모님께 사연을 전해 돈을 받아 왔다. 시키지도 않았는데 다른 반에 가서 모금을 해 온 애들도 있었다.

아무래도 빨빨거리며 바람을 잘 잡은 박선희의 공이 컸다. 남의 사정을 부풀려 전하길 좋아하는 성격을 백분 발휘하여, 박선희는 우리 반 내에서 그칠 수도 있었던 모금 활동을 어느새 전교생의 이벤트로 만들어 버렸다.

아이들은 박선희가 떠들어 대는 이야기에 큰 관심을 보였다. 박선희의 입에서 나오는 여중생 묻지마 폭행 사건 스토리는 자극적이었고 흥미진진했다. 박선희는 마치 자기가 그 현장에 있었던 것처럼 줄줄 이야기를 풀어놓았다. 그러면 아이들은 무슨 영화나 드라마라도 보듯 집중했고, 박선희의 얘기가 끝나자마자 제가끔 추리를 펼치며 열을 올렸다. 어디 먼 곳에서 벌어진 일도 아니고 앞으로 누구한테라도 일어날 수 있는 일이라고 생각하면 간담이 서늘할 만도 할 텐데 다들 자신들이 느낀 공포감을 과장하고 그 공포감을 흥밋거리로 삼아 이야기에 이야기를 더하는 데 거리낌이 없었다.

"그러니까, 거기가 원래 동네가 좀 그렇잖아. 낮에도 분위기가 을씨년스럽다고 해야 하나. 그러니 밤에는 어떻겠어. 근데 요즘 그 동네에 공방 같은 게 몇 군데 생겼거든. 엄마 말이 세가 싸서 그렇다는데, 그래도 혼자 다니기는 꽤 무섭대. 동네 사람들이야 맨날 지나다니던 데니까 별 경계 없이 다녔겠지. 영미도 거기서 평생을 살았다니 무슨 조심을 했겠어."

그날도 박선희는 애들 서너 명을 모아 놓고 신나게 떠들어대고 있었다. 들으나 마나 한 얘기라 나는 자리에 앉아 다음 수업 준비를 하고 있었다.

"영미 상태 보면 그거 잠깐 맞아서 그렇게 될 수가 없거든. 모르긴 몰라도 작정하고 꽤 긴 시간 동안? 아무튼 그 정도면 중딩은 아니야. 덩치도 있고 힘도 센 놈일 거야. 그 남자가 갑자기……."

"남자인 건 어떻게 알아?"

박선희의 말을 끊은 사람은 서율무였다. 탐정 놀이에 심취해 있는 애, 서율무. 독고솜과 어울려 다니는 모습이 눈에 띄었어도 신경조차 쓰지 않았던 아이였다. 나는 몸을 의자 등받이에 기대고 곁눈질로 서율무를 지켜보았다.

"어? 아, 그건 그냥……."

"한 명이 아닐 수도 있잖아? 영미가 아무 말도 하지 않아서 아직 경찰도 아무것도 모른다고 하던데."

"아, 뭐!"

순간 당황한 박선희는 외려 신경질적인 반응을 보였다.

"뭐가 아니라 그걸 그렇게……."

"야, 서율무. 우리도 다 감안해서 듣거든? 그래서, 그래서 어떻게 됐는데?"

따지고 들려는 서율무를 막아선 사람은 박선희가 아니라 박선희의 얘기를 듣고 있던 애들이었다. 아이들은 서율무가 분위기를 깼다고 생각하고 상대를 해 주지 않았다. 박선희는 아이들의 응원에 힘입어 다시 이야기를 이어 갔다. 뻘쭘한 상태로 박선희와 아이들을 보던 서율무는 나지막이 한숨을 내쉬고 자리로 돌아갔다.

새삼 이야기의 힘이라는 게 참 대단하다는 생각이 들었다. 언제 어떻게 써먹을 수 있을지 모르니 사람들의 귀를 쫑긋하게 만들 만한 이야기들을 모아 두는 것도 나중을 위해서 꽤 괜찮을 것 같았다. 지금까지 본 바로는 남의 속사정이나 나쁜 소식 같은 것들이 가장 인기 있는 이야기였다. 남의 이야기는 하기 쉬웠고 나쁜 이야기는 흥미를 끌었다. 그러니까 결국, 멀리 그리고 빨리 퍼지는 소문의 핵심은 다름 아닌 타인의 불행이었다.

박선희가 그 힘을 알고 저러는 건지 모르고 저러는 건지 알 수는 없었지만, 그 힘에 도취되어 있는 것만큼은 확실해 보였다. 나는 그저 내버려 두는 것으로 박선희를 부추겼다. 딱 불난 집에 부채질해야 하는 타이밍에, 박선희는 나의 부채가 되어 아이들의 마음에 활활 불이 타오르도록 해 주었다. 나는 흐뭇한 표정으로 박선희를 바라보았다. 그리고 이제는 너에게 내 곁을 내주마 하고 혼잣속으로 결심했다.

모금 금액은 예상을 훨씬 웃돌았다. 모금함을 열어 보기 위해 모인 박선희와 우보연, 김지민은 돈을 세는 내내 믿을 수 없다는 표정을 지어 보이며 감탄사를 연발했다. 나는 되도록 차분하게 굴려고 애썼지만 다른 애들만큼 놀라긴 마찬가지였다. 티브이에서 왜 그렇게 아픈 사람들의 사연이나 먼 나라의 참상을 보여 주면서 기부를 하라고 읍소하는지 알 것 같았다. 효과가 엄청나니까.

사람들은 딱한 사정을 들으면 마음이 약해진다. 마음이 약해진 사람들은 기꺼이 적지 않은 돈을 보내거나 하다못해 화면 모퉁이에 찍힌 ARS 번호를 눌러 푼돈이라도 보낸다. 자신이 그런 상황에 처하지 않았다는 사실에 안도하는 데 그치지 않고 한 발 더 나아가는 것이다.

나는 두둑이 쌓인 지폐 더미를 바라보며 생각했다. 그렇게라도 해야 마음이 편해지는 사람들을 위해 내가 얼마나 좋은 일을 한 건지, 우리 학교의 기부 꿈나무들에게 얼마나 뜻깊은 일을 하게 해 준 건지 말이다. 단지 은영미만이 아니라 은영미를 도와준 사람들까지도 내가 도운 셈이었다.

"그럼 내일 우리 넷이서 영미한테 가는 거야?"

우보연이 내게 돈뭉치를 건네며 물었다. 나는 누런색 서류 봉투에 천 원짜리, 오천 원짜리, 만 원짜리 돈다발과 오만 원짜리 몇 장을 넣으며 고개를 끄덕였다.

"영미 할머니한테는, 지민이 네가 미리 연락해 놓을 수 있지?"

단단히 입구를 여민 서류 봉투를 가방에 넣으며 지민이에게 말했다. 김지민은 그러겠다고 하고 군말을 붙이지 않았다. 이제 내 말이 부탁이 아니라 명령이라는 것 정도는 파악한 듯했다.

“가서 성금 건넬 때 사진은 선희가 좀 찍고…….”

“그럼 난 안 찍어?”

박선희가 볼통스럽게 물었다.

“너도 찍어야지. 일단 나랑 보연이가 반장 부반장이니까 먼저 찍고, 그다음에 다 같이 찍자.”

내 딴에는 달랜다고 달랬는데 박선희는 성에 차지 않는지 편을 들어 달라는 듯이 김지민을 쳐다보았다. 김지민이 당황해서 말했다.

“어, 아니, 난 안 찍어도 돼.”

한 번도 그런 건 생각해 보지도 못했다는 듯이 손사래를 치는 김지민을, 박선희는 잠깐 흘겨보더니 금세 시큰둥한 표정을 지으며 입을 다물었다.

나는 그런 박선희를 못 본 척하며 화제를 돌렸다.

“영미 영상도 하나 찍어 놓는 게 좋겠어. 뭐 별건 아니고, 친구들한테 고맙다고 하는 거랑, 회복 잘하고 있으니 너무 걱정하지 말라고 하는, 그런 내용?”

“근데, 영미 아직 아무 말도 안 하고 있는데 그런 건…….”

김지민이 곤란한 얼굴로 끼어들었다.

“한마디도 못 해 주나?”

우보연이 그게 뭐 대단한 일이나 되냐는 식으로 물었다. 이쯤에서 일이 되게끔 하려면 이해심 많은 내가 나서야 했다.

"괜찮아. 그럼 영미 얼굴만 화면에 예쁘게 담자."

"좋아. 그건 내가 찍을게."

우보연이 흔쾌히 나섰다.

"그래. 하는 김에 보연이 네가 사진이랑 다 정리해서 학교 게시판에 올려 줘."

우보연은 넉살 좋게 웃으며 오케이 사인을 해 보였다.

"소식 들으면 애들이 정말 안심할 거야."

나는 아까부터 표정이 점점 뜨악해지고 있는 김지민을 똑바로 쳐다보며 말을 이었다. 우리가 이렇게 성의를 보였는데 그 정도는 당연한 거니 표정 관리 좀 하라는 의미였다.

"할머니가 얼마나 좋아하실까?"

"당연히 엄청 좋아하시겠지. 내 생각엔 영미도 분명 좋아할 거야."

박선희와 우보연도 한마디씩 거들며 뿌듯한 표정으로 김지민을 쳐다보았다. 어서 빨리 긍정의 대답을 내놓으라는 시선이었다.

"……그랬으면 좋겠다."

김지민이 억지웃음을 짓고 있다는 걸 알았지만 타박할 마음은 없었다. 내일이 되면 김지민도 깨닫게 될 거다. 그동안 자기가 별스럽게 걱정했다는 사실을. 나는 은영미가 고마워할 거라고 확신했다. 친구라고는 김지민밖에 없었는데 갑자기 전교생의 뜨거운 관심을 받게 되었으니 좋지 않을 리가 없다. 이제 우리 학교에서 은영미를 모르는 사람은 없었다.

학교에 돌아오는 순간 은영미는 예전과 달라진 자신의 위치를 느끼게 될 터였다. 아이들은 은영미 주위를 에워싸고 떠나지 않을 것이다. 적어도 그동안 쌓인 궁금증이 다 해소될 때까지는 말이다.

"병원으로 가면 될 거 같아. 오늘 아침에도 퇴원하겠다고 고집 피우는 거 할머니가 겨우 붙들어 놓으셨대."

다음 날, 모든 수업이 끝나고 하나둘씩 내 자리로 몰려들던 때에 가장 마지막으로 모습을 드러낸 김지민이 한숨을 쉬며 말했다. 나는 내심 영미네 집으로 가지 않아도 돼서 다행이라고 생각했다. 동네 위치가 워낙 변두리인지라 찾아가기도 까다로운 데다가 그런 일이 일어난 곳을 지나기는 께름칙했기 때문이다.

"자, 늦기 전에 얼른 가자."

우리 중에 가장 아무 생각 없어 보이는 우보연이 두 손바닥을 마주 쥐며 기운차게 말했다. 박선희는 옆줄 자기 자리에서 가방을 가지고 왔고 우보연은 잠시 내려놓았던 크로스백을 들쳐 멨고 김지민은 멀뚱멀뚱 서 있었다. 나는 서두르지 않고 채비를 하기 시작했다. 책상 위 소지품들을 다 정리한 뒤에 책상 옆에 걸려 있는 가방 손잡이를 잡아 들었다. 그런데 조금 이상한 느낌이 들었다. 가방이 지나치게 가벼웠다.

"왜 그래?"

박선희가 물었다. 나는 대꾸 없이 가방을 책상 위에 올려

눕혔다. 불길한 예감에 목뒤가 서늘해져 왔지만 설마 하는 마음이 더 컸다. 하지만 지퍼를 열어 가방 속을 들여다보는 순간 내 예감이 틀리지 않았다는 것을 알게 되었다.

돈이 사라졌다.

정확히 말하면 돈다발이 든 봉투가 흔적도 없이 사라져 버렸다.

"뭐야, 왜 그래?"

가방을 연 채 멀거니 앉아 있는 내가 이상했는지 박선희는 재빨리 내 가방을 낚아채고는 입구를 벌려 그 안으로 머리통을 넣을 듯이 고개를 숙였다. 가방 속에 팔을 넣어 휘젓고도 봉투를 발견하지 못한 박선희의 눈이 해반닥거렸다.

"어디 딴 데 있어? 사물함?"

아직 돈이 없어졌다는 사실을 받아들이지 못한 박선희가 따지듯 물었다.

"집에 두고 온 거 아니야?"

박선희의 손에 든 가방을 끌어당겨 안을 확인한 우보연이 이어 물었다. 나는 양미간을 찌푸리며 고개를 저었다. 사물함에 넣기는커녕 집에 가서도 돈 봉투를 가방 안에서 꺼낸 적이 없었다. 그때 김지민이 핏기가 가신 듯한 허연 낯빛으로 입을 열었다.

"그럼 학교 오는 길에 버스, 버스에서 소매치기당했나?"

"아니. 아침에 학교 와서 확인했어. 그땐 분명히 있었어."

나는 일 교시가 시작되기 전에 가방 속에서 문제집과 노

『관계의 온도』를 읽은 교사들의 추천사

점심시간에는
적당한 핑계를 대고 교실에 남았다.
나나가 없으니 같이 밥 먹으러 가자고
권하는 아이들이 많았다.
신경을 써 주는 건 고마웠지만
그래도 전후 사정을 잘 모르는 대화에
끼고 싶지는 않았다.

_김민령, 「너를 기다리는 동안」

서로를 지나치게 구속하지도, 서로에게 너무 무관심하지도 않은 적절한 관계의 온도는 과연 몇 도쯤 되는 것일까? **끊임없이 관계에 대한 발열 체크를 하는 청소년들에게 이 책은 따뜻한 체온계로 기능할 수 있을 것이다.** 자신이 맺고 있는 관계의 온도는 몇 도쯤 되는 것인지에 관한 숱한 고민들로 방황하는 많은 청소년들에게 이 책을 추천하는 바이다. **(풍무중학교 백지운 선생님)**

관계를 맺고 유지하고 끊는 일은 모두 어려운 일이다. 어른인데도 어려운데 어찌 청소년들에게 이 어려운 일에 의연하기를 바랄 수 있을까. 그 **허덕임을 나눌 수 있는 친구를 찾고 싶다면 봐야 하는 책**이다. **서로의 온도 차이를 이해할 줄 아는 사람으로 자랄 수 있도록** 미리 경험해 보게 하는 이야기들의 집합이라 이 책이 좋았다. **(순천팔마고등학교 김소라 선생님)**

『내일의 무게』를 읽은 교사들의 추천사

그런데 이제
제가 저를 인정해도 되지 않을까 싶어서요.
제가 좋아하는 여자애가 바다에 산다는 거.
그러니까 바다와 가장 가까운 곳에서
일하고 싶다는 거.

_전삼혜, 「하늘의 파랑, 바다의 파랑」

삶은 특별히 멋지지도, 대단히 용기 있지 않아도 된다. **선택된 내일은 그저 삶으로 이어질 뿐이고, 그 속에서 우리는 얼마든지 다른 선택을 할 수 있으니까.** 마냥 좋은 일도 없지만, 마냥 나쁜 일도 없는 거니까. 거창한 결론이 아니어서 마음에 드는 책이었다. 일곱 단편 속 인물들처럼, **우리 아이들도 작은 가능성과 순간들을 포착해 나갔으면 좋겠다. (은행고등학교 조은샘 선생님)**

국어교사로서 '문학을 왜 배워야 하나'라는 질문을 스스로에게 던질 때가 있다. 한때는 문학은 예술이고 너희 삶을 풍요롭게 할 것이라는 멋진 말로 포장하기도 했지만, 지금은 **문학은 '위로'이기 때문에** 배워야 한다고 말한다. 이 책을 통해 많은 청소년들이 위로받기를 바란다. **내일의 무게에 짓눌리지 않으며 묵묵히 감당해 가는 멋진 모습**을 마주하게 되길 바란다. **(백산고등학교 임현미 선생님)**

『불안의 주파수』를 읽은 교사들의 추천사

예예치킨 사장은 날 보자마자 인상을 썼다.
예전에 은주랑 같이 손님으로 왔을 때는
꼬박꼬박 존댓말을 하더니
배달하러 오니까 대번에 반말이다.

_진형민, 「헬멧」

'불안과 싸워 이기는 법'이 아니라 '불안과 함께 살아가는 법'을 배우기. 훼손과 상실의 가능성 속에서 때로 아름다움을 발견하는 일이 성장이 아니라면 무엇일까. 이 책에 실린 일곱 편의 소설은 **불안을 노래하는 것 같지만 사실은 성장을 이야기**하며, 동시에 다정한 위로를 건넨다. **(압구정고등학교 이은빈 선생님)**

단숨에 빠져들 듯 읽어 버린 소설책이다. **이걸 이제야 봤다니.** 어른인 나에게도, 특히 교사인 나에게도 큰 울림으로 남는다. 청소년들에게 불안의 숙제들은 더 크고 무겁게만 다가올 것이다. 하지만 그런 무게가 자신의 몸무게를 더 키우고 **단단하게 땅을 지탱하고 살아갈 수 있는 힘**이 된다는 것을 금방 알게 될 것이다. 그 앎의 시작이 이 책이다. **(안산 신길중학교 홍은주 선생님)**

『성장의 프리즘』을 읽은 교사들의 추천사

엄마에게 아이 취급 한다고
따져 물었던 때가 있었다.
이제는 아직 아이인데 어른 취급 한다고
따져 물어야 할 판국이었다.
중학생이라는 존재는 그러했다.

_신현이, 「내게 도착한 메시지는」

주인공들과 함께 이야기를 완주하고 보니, 주인공들이 훅 성장해 있습니다. 뜨거운 여름 기운에 자라는 풀처럼 그렇게 쑥 자라 있습니다. 막막하고 억울하고 불안하고 고단한 그 순간을 겪어 내면서요. 제가 그 시절에 이 책을 만나 보았더라면 믿음직한 비밀 친구를 만난 것처럼 든든했을 것 같습니다. **지나고 보면 성장통일 테지만, 지나는 중이라 너무 아프고 힘든 많은 아이들**이 이 책과 함께할 수 있기를 바랍니다. **(경성고등학교 김미란 선생님)**

어른들이 알지 못하는 청소년들의 상처를 섬세하게 다룬 소설들입니다. 소설 속 인물들은 힘든 상황 속에서 스스로 상처를 치유하고 성장합니다. 친구 때문에, 어린 시절 상처 때문에, 학교 폭력 때문에, 불안한 미래 때문에 마음이 아픈 모든 이들이 이 책을 통해 **나만 그런 것이 아니라는 위로**를 받고 용기를 얻고 앞으로 나아갈 힘을 얻을 수 있었으면 좋겠습니다. **(부평여자고등학교 이승하 선생님)**

『외로움의 습도』를 읽은 교사들의 추천사

나는 혼자 걷는 그 길에
익숙해졌다.
처음으로 나 자신과
함께 있는 기분이었다.
_송미경, 「나는 길 위에」

친구와 함께 있어도 외로움은 장마철 눅진한 습기처럼 스멀스멀 우리를 감싸곤 한다. 이 책의 등장인물들도 저마다의 외로움에 몸살을 앓고 있다. 책을 읽으며 누군가는 자기 마음속 외로움의 습도를 새롭게 인식할 수도 있고, 누군가는 비슷한 상황에 공감하고 위로를 받을 수도 있다. 어떤 경우든 반가운 일이다. 그 모든 과정을 통해 **인간에게 숙명처럼 달라붙는 외로움에 맞설 힘을 조금씩 키울 수 있을 테니까.** (창덕여자중학교 윤수란 선생님)

외로움에 대한 일곱 편의 이야기를 읽고 난 지금, 더 담담하고 편안한 마음으로 '외로움'을 마주하게 되었어요. **물기 어린 외로움을 있는 그대로 바라볼 수 있는 용기**가 생겼기 때문이에요. 이 책이 여러분이 느꼈을 수많은 외로운 순간을 묵묵히 위로하고 지키는, 따뜻한 친구가 되어 주길 바랍니다. **내일 다시 외로움을 느끼더라도, 함께 이 책을 읽은 친구들이 곁에서 힘이 되어 줄 거예요.** (창천중학교 이미진 선생님)

『희망의 질감』을 읽은 교사들의 추천사

세상은 어쩌면
우리가 어른이 될 때까지
무사하지 못할지도 몰라.
그래도 나는
세상이 영원할 것처럼
공부하고, 미래를 준비하고 있어.
_김보영, 「치마와 마나」

지난 2년간 코로나로 인해 청소년들은 급격한 변화를 겪으면서 나름대로 성장하고 좌절하고, 또 실패를 겪었을 것이다. 하지만 그래도 우리가 낙담하지 않는 것은 **끝이 보이지 않는 터널과도 같은 시기도 언젠가는 끝날 것이라는 믿음**으로 하루하루를 버티고 있기 때문이 아닐까? **어떤 상황에서든 희망을 잃지 않고 끝까지 옳은 선택을 하려는 청소년들에게 이 소설은 큰 힘이 되어 줄 것이다.** (선일여자중학교 김나래 선생님)

희망의 질감은 어떨까요? 이 소설 속 등장인물들은 **만남과 나눔, 도전과 성취, 갈등과 해결, 슬픔과 극복 등을 겪으며 희망을 떠올립니다.** 그럴 때마다 독자도 희망의 여러 측면을 한 번씩 만나 보게 됩니다. 하지만 그 질감을 문자화하기는 어렵지요. **아마 희망은, 설명하고 정의하기보다는 체험하고 느껴야 하는 것인가 봐요.** 이 책을 읽은 청소년 독자들도 자신의 삶에서 아름다운 희망을 감각해 보기 바랍니다. (광성중학교 편동훈 선생님)

트, 필통 등을 꺼내 책상 서랍에 정리한 것을 떠올리며 대답했다. 박선희의 말투도 그렇고, 슬슬 아이들의 질문이 추궁처럼 느껴져서 기분이 나빠지려는 참이었다. 그런데 박선희가 분위기 파악 못 하고 다시 캐물었다.

"그럼 그 후로는 확인 안 한 거야? 마지막으로 본 게 언제야?"

나는 박선희를 노려보다가 싸늘하게 대꾸했다.

"너 말투가 좀 이상하다."

박선희가 흠칫하는 게 느껴졌다.

"마지막으로 본 건 일 교시 시작 전이야. 그 뒤로 가방에서 꺼낸 적 없고. 따로 사물함에 넣고 비번 걸고 그런 건 안 했어."

한마디 한마디 분을 삭이듯 말하다가 잠시 뜸을 들이고 말을 이었다.

"우리 반 애들을 믿으니까."

우보연은 내 말에 고개를 끄덕여 보이며 응수했고 박선희는 이제야 상황 파악이 된 듯이 입을 다물었다. 김지민은 여전히 안색이 창백했다.

"그럼 도대체 누가 훔쳐 갔을까?"

우보연의 입에서 내가 하고 싶은 말이 나왔다. 내가 칠칠하지 못하게 돈을 잃어버렸을 가능성은 없으니 그렇다면 돈을 훔쳐 간 사람이 있어야 마땅했다. 겁도 없이 내 가방에 손을 댄 도둑놈을 찾아내서 반드시 본때를 보여 줘야 했다.

문득 머릿속에 떠오르는 사람이 있었다. 감히 내 일을 망치려 들 만큼 간 큰 아이. 쥐도 새도 모르게 가방에서 돈을 빼 갈 수 있는 아이. 나에게 앙심을 품었을 법한 아이.

나는 그 애가 범인이라고 확신했다.

그대로 두면 안 되겠다는 생각에 몸을 움직였다.

아이들이 느끼는 공포가 구체화되기 전에

서둘러야 했다.

탐정 서율무

동기, 증거 그리고 증인

단태희와 그 무리가 영미를 위한 모금 활동을 한다는 말을 들었을 때 나는 내심 다행이라고 생각하면서도 한편으로는 찜찜한 기분을 떨칠 수 없었다. 병원비나 치료비를 생각하면 잘된 일이었지만 그 패거리들이 하는 일이라는 게 그저 순수할 리만은 없는, 의심쩍기 그지없는 것들투성이라 좀처럼 마음이 놓이지 않았다. 병원에 가서 영미 상태를 보고 왔기에 더 그랬다.

그날 본 영미는 부서질 것도 같고 폭발할 것 같기도 했다. 밤새 언 강 위를 걷거나 시한폭탄을 해체할 때처럼 조심 또 조심해야 했다. 하지만 아무것도 하지 않고 있을 수는 없었다. 영미가 선뜻 내 손을 잡지 않더라도, 설령 그만 꺼져 달라고 하더라도 영미를 혼자 내버려 두진 않을 작정이었다. 지금은 그게 범인을 찾는 것보다 훨씬 중요한 것처럼 느껴졌다.

다행히 영미는 솜이와 나의 방문을 싫어하는 거 같지 않았다. 하지만 여전히 목소리를 들려주지는 않았다. 솜이는 매번 영미의 마음이 편안해지도록 주문을 걸었다. 나는 그 곁에 조용히 서 있다가 솜이의 주문이 끝날 즈음 영미의 침대 위에 쪽지를 두고 나왔다. 내 호기심이나 정의감보다 훨씬 중요한 무엇을 위해, 영미의 침묵을 지켜 주기로 한 것이다.

쪽지에 별다른 내용은 없었다. 그냥 학교에서 있었던 소소한 일들이나 방과 후에 가끔 솜이네 집에서 고양이들과 놀았던 시간들에 대해서 썼다.

영미야, 오늘은 담임이 수업 시간에 존댓말을 굉장히 많이 썼어. 그건 오늘 기분이 꽤 좋다는 증거지. 영미야, 그거 알아? 솜이네 동네에 사는 고양이들은 전부 고구마 중독이라는 거! 참, 내가 지저분한 우리 고모 얘기 했던가? 고모가 솜이 반만큼이라도 청소에 신경 쓰면 좋을 텐데. 솜이는 청소를 진짜 깨끗이 잘하거든!

영미가 내 쪽지들을 읽었을까? 잘 모르겠다. 게다가 이젠 영미에게 어떻게 다가가야 할지 다시 고민해 봐야 한다. 곧 퇴원할 것 같다고, 영미 할머니가 그러셨으니까.

아무튼 모금 활동을 하는 아이들을 뭐라고 할 수는 없는 노릇이었다. 비록 박선희가 여기저기 떠들고 다니는 본새는 아주 가관이었지만……. 그래도 그런 열성 때문인지 모금 활동은 아주 성공적인 것처럼 보였다. 마음 아픈 사연을 듣고 너도나도 한마음 한뜻으로 성금을 내는 모습을 보니 새삼 뭉클해지기도 했다. 나도 가만히 있을 수만은 없어서, 우리 가족을 총동원해서 성금을 모았다. 할머니에게는 똥강아지처럼 굴고, 엄마 아빠 앞에선 꼬맹이처럼 아양을 떨었다. 고모가 똥꼬땅이라고 불러도 발끈하지 않았다. 그러면 다들 굳이 그러지 않아도 줬을 텐데 하고 웃으며 지갑을 열었다. 내 재롱을 즐길 대로 다 즐긴 후에 말이다.

어쨌든 내 용돈까지 탈탈 털어 보탠 성금은 제법 묵직했다. 나는 기쁜 마음으로 모금함에 돈을 넣었다. 영미 할머니가 좋아하실 모습이 눈에 선했다. 단태희 무리의 의도가 어찌 되었든 영미와 영미 할머니에게 도움이 된다면…….

그런데 갑자기 성금이 몽땅 없어졌다는 거다.

소문은 삽시간에 퍼져 나갔다. 돈이 사라졌대. 전부, 죄다, 송두리째, 깡그리 없어졌대. 여기저기서 아이들이 수군거렸고 학교 분위기는 순식간에 흉흉해졌다. 그래서 어쩔 거래? 앞으로 어떻게 한대? 우리 돈은 어떻게 되는 거야?

단태희의 위세를 잘 모르는 다른 반에선 자작극이 아니냐는 말도 돌았다. 자작극이라. 나는 차분히 생각해 보았다. 그동안 단태희가 꾸민 계략과 못된 성질을 보건대 아주 허무맹랑한 얘기는 아니었다. 그치만 뭘 얻기 위해서? 단지 돈이 탐나서 이런 일을 벌였을 것 같지는 않았다. 단태희는 그렇게 단순한 캐릭터가 아니었다. 그렇다면 누가 훔쳐 갔다는 말인데……. 누군지 간덩이도 크지. 전교생이 지켜보는 사건의 범인이 되길 자처하다니.

나는 탐정 수첩을 꺼내 들고 용의자를 추려 적기 시작했다. 일단 단태희와 단태희의 측근들. 그리고 물음표 열 개. 마음 같아서는 백 개 넘게 그려 넣고 싶었다. 그 물음표는 모두 용의자였다. 이름도 얼굴도 모르는 우리 학교 아이들. 믿고 싶지 않았지만 돈 욕심에 충동적으로 손을 댄 아무개가 없으리란 법이 없었다. 먹먹한 심정에 한숨을 내쉬는데 그때,

"명탐정, 추리하는구나?"

솜이였다. 어느새 옆으로 다가온 솜이는 양손을 책상 위에 기대고 빙그레 웃으며 내 얼굴을 들여다보았다.

"응."

솜이의 손끝이 탐정 수첩 가장자리에 닿았다. 어쩐지 부끄러워져서 탐정 수첩을 덮었다.

"방해해서 미안."

보드라운 목소리가 내 손등에 내려앉았다. 솜이는 잠시 뜸을 들이다 용건을 말했다.

"혹시 이따 우리 집에 갈 생각 있나 하고."

"어? 나야 좋지."

요란한 청소 이벤트 없이 갑작스럽게 초대받기는 처음이라 나는 조심스레 이어 물었다.

"근데 무슨 일 있어?"

솜이는 별일 아니라는 듯이 대답했다.

"영미가 온다고 했거든. 어젯밤에 메일 받았어."

아, 다행이다.

정말 다행이었다. 마녀의 능력이란 어쩜 이렇게 신통방통할까. 밤새 언 강 위를 무사히 건너고 시한폭탄을 능숙하게 해체하듯 솜이가 해냈다. 마녀 독고솜이 영미의 마음을 움직인 것이다.

"솜이 넌 정말 대단해."

내가 엄지손가락을 치켜들자 솜이가 얼굴을 붉히며 말했

다.

"고마워."

고마워할 사람은 나였다. 문득 솜이는 내 파트너로는 과분하다는 생각이 들었다. 솜이는 진짜 능력 있는 마녀였다. 아직 갈 길이 멀기만 한 명탐정 지망생인 나는 마녀의 파트너 자리도 감지덕지할 뿐이었다.

초록색 철제 대문이 열리고 마녀 독고솜의 집에 두 번째 손님이 찾아왔다. 내가 처음 방문했을 때와 마찬가지로 길 안내를 맡은 턱시도 고양이가 대문 안으로 들어서는 영미의 모습을 확인하고는 꼬리를 곧추세우고 사라졌다. 영미는 다소 긴장한 듯이 보였다. 그런 영미를 배려하는 듯이 영미의 등 뒤 대문이 소리 없이 닫혔다.

"기다리고 있었어."

솜이가 차분한 목소리로 영미를 반겼다. 영미를 기다리는 동안 우리 둘 중에 좀 더 들뜬 쪽은 나였다. 솜이는 평소와 달리 유난히 침착해 보였다.

"영미야, 정말 잘 왔어!"

영미가 놀랄까 봐 너무 가까이 다가가지 않으려고 조심하며 걸음을 옮겼다. 영미는 여전히 아무 말도 하지 않았지만 긴장감 때문인지 병원에서 보았던 표정 없는 얼굴과는 조금 다른 분위기를 풍겼다.

"갑작스럽게 약속을 잡는 바람에, 청소를 하나도 못 했어. 급한 대로 마당은 좀 쓸었는데, 여기 앉아도 괜찮을까?"

솜이가 영미와 눈을 맞추려고 고개를 기울이며 물었다. 내가 오기 전에 이미 돗자리며 담요며 따뜻한 음료가 든 보온병이며 전부 준비된 상태였다. 거기에 솜이가 가장 좋아하는 고구마까지. 영미는 대답 대신 찬찬히 고개를 끄덕였다.

"앉자, 앉자."

내가 나서서 돗자리 위에 벌러덩 앉아 두 사람에게 손짓했다. 내 옆으로 솜이가 다리를 쭉 펴고 앉았고 그 옆으로 영미가 조심스레 자리를 잡았다. 어느덧 가을도 끝물이라 나뭇가지에 매달려 있는 단풍보다 바닥에 떨어진 낙엽이 더 많았다. 나는 솜이와 영미에게 담요를 양보했다. 영미의 무릎을 덮고 남은 담요 자락을 자신의 무릎에 덮으며 솜이가 말했다.

"편하게 있어. 고구마 완전 맛있으니까 마음껏 먹고!"

영미는 퇴원 후에도 학교에 나오지 않고 있었다. 언제쯤 학교에서 만날 수 있을까. 언제쯤 영미가 다시 목소리를 들려줄까. 문득 무릎을 세우고 웅크리고 앉은 영미가 좀 추워 보여서 따뜻한 차를 건네려고 보온병 뚜껑을 열었다. 모락모락 하얀 김을 타고 산뜻한 향이 풍겼다. 솜이가 내가 따른 잔을 영미에게 건네며 말했다.

"대청소할 때마다 항상 엄마가 찻잎을 말려 두곤 했거든. 이건 얼마 전에 청소할 때 내가 한번 만들어 본 거야. 오늘 청소 못 한 대신 이걸로 대접할게. 몸도 마음도 정화하는 데 아주 좋아. 마시기 전에 차향을 맡으면서 깊게 숨을 들이쉬어 봐."

잔을 건네받은 영미는 잠시 주저하다가 곧 코끝까지 날아오른 향기에 취한 듯 사르르 눈을 감았다. 찻잔 가까이 얼굴을 대고 차향을 음미하는 영미의 표정이 한결 편안해 보였다. 솜이는 만족스러운 미소를 지으며 차를 한 모금 삼켰다. 나는 고구마를 집어 들고 우물거렸다. 그때 어디선가 눈치 빠른 줄무늬 고양이 한 마리가 나타나 내 발치에 다소곳하게 자기 발을 깔고 앉고는 나를 빤히 쳐다보았다. 어서 고구마를 내놓으라는 눈초리였다.

"우리 집에 들락거리는 애들은 다 고구마 맛을 알아 버려서, 냄새만 맡고도 창문을 두드린다니까. 그래도 많이 주면 안 돼. 매일 조르는 녀석들이라 양을 조절해야 되거든."

솜이가 웃으며 말했다. 나는 고구마를 조금 떼어 고양이 앞에 놓아 주었다. 검정색 고등어 무늬가 도도한 매력을 풍기는 고양이였지만 고구마를 할짝거리는 모습은 그저 귀여울 뿐이었다.

"아, 더 주고 싶다."

어느새 고구마 조각을 꿀꺽하고 나를 쏘아보는 고양이의 시선을 차마 피하지 못한 채 중얼거렸다.

"안 돼."

솜이가 단호하게 말했다.

"아까 준 거 딱 절반만큼만."

"안 돼. 살찌면 병 걸리기 쉽단 말이야."

"그럼 반의 반."

"흠."

솜이는 짐짓 고민하는 척하더니 어쩔 수 없다는 듯이 한숨을 내쉬며 말했다.

"알았어. 그럼 딱 반의 반."

그런 솜이를 보며 웃는데 내 쪽을 바라보는 영미의 시선이 느껴졌다. 정확히 말하면 내가 아니라 고구마를 애타게 기다리는 고양이에게 쏠린 시선이었다. 그럴 줄 알았지. 나는 영미가 고양이를 좋아한다는 사실을 아주 잘 알고 있었다.

"영미야, 한번 줘 볼래?"

내가 고구마를 건네며 물었다. 영미는 망설임 없이 고구마를 받아 들었다. 웃는 얼굴은 아니었지만 어쩐지 좀 더 밝아진 표정이었다. 차의 효과인지 고양이의 힘인지 아리송했다.

"저기 하나 더 온다."

솜이가 가리킨 담장 위에서 치즈 색의 뚱뚱한 고양이가 둔중한 몸놀림으로 뛰어내리더니 통통하고 하얀 발을 앞세우며 영미에게 다가갔다.

"얘는 진짜 조금만 줘야 해. 변비에 좋다고 해서 그동안 너무 많이 줬어."

치즈 고양이는 마치 솜이의 말을 알아들은 듯이 벌러덩 누우며 애교를 부렸다. 눈 아래 볼살이 어찌나 통통한지 애교가 아니라 심통을 부리는 것처럼 느껴질 정도였다.

영미는 솜이 말대로 고구마를 아주 진짜 조금 떼어서 치즈 고양이 앞에 내려놓았다. 그런데 이 녀석은 냄새를 맡거나 핥아 보지도 않고 냉큼 삼켜 버리더니 다시 심술궂은 표정으로 영미를 노려보았다.

"그거보다는 조금 더 줘도 돼."

솜이가 웃음 섞인 목소리로 말했다. 다시 신중을 기해 고구마 양을 가늠하는 영미의 얼굴은 사뭇 진지했다. 그런 영미 앞에서 당당하게 자기 몫을 요구하는 고양이는 어느새 한 마리가 아니라 두 마리였다. 먹을거리를 찾아 내 곁을 떠난 검정색 줄무늬 고양이는 덩치 큰 치즈 고양이 옆에 자리를 잡고 앉았다. 뚱뚱한 고양이 옆에 있으면 먹을 복이 생긴다고 믿는 듯한 표정이었다.

영미는 좀 전보다 살짝 더 떼어 낸 고구마를 조심스레 치즈 고양이의 발 앞에 놓아 두고는 근심 어린 눈빛으로 고양이를 바라보았다. 자신의 선의 때문에 혹여 고양이들의 건강이 안 좋아질까 봐 걱정을 하는 것 같았다. 나는 그제야 마음이 놓였다. 친절하고 사려 깊은, 내가 알던 영미의 모습이 어디로 사라져 버린 건 아니라는 생각이 들어서였다.

치즈 고양이는 이번에 받아 낸 몫이 마지막이라는 걸 아는 듯이 코를 킁킁대고 혓바닥을 할짝거리며 식전 놀이를 실컷 즐겼다. 그 옆에서 기다리던 줄무늬 고양이는 자기 차례가 되어 영미에게서 고구마 조각을 얻어 내자마자 바로 입에 물고는 담벼락 구석으로 사라져 버렸다.

"기분 좋아졌네."

식사를 즐기고 나서 나른한 몸짓으로 영미 발등을 깔고 앉은 치즈 고양이를 보며 솜이가 말했다. 두툼한 뱃살에 발등을 눌린 영미는 고양이보다 더 기분이 좋아 보였다. 영미의 얼굴에 노란 치즈처럼 따뜻한 빛이 번졌다. 고양이는 선심 쓰듯 몸을 뒤집어 하얀 털이 수북한 배를 영미에게 내밀었다.

"만져 달라는 거야."

솜이의 말이 영미를 설레게 했는지 얼핏 영미의 어깨가 떨리는 듯했다. 영미는 상기된 표정으로 고양이의 따끈한 뱃살을 쓰다듬다가 하얀 털 사이를 파고들었다. 북슬북슬한 긴 털이 영미의 손가락을 부드럽게 스쳤다.

"엄청 좋아하네. 근데 조심해야 해. 다 됐다 싶으면 손을 깨물고 가 버리거든."

스르르 눈을 감는 고양이를 보며 솜이가 말했다. 영미는 솜이의 경고는 귀에 들어오지도 않는 듯이 자근자근 고양이 뱃살을 주물렀다.

"배 통통한 것 좀 봐."

"만지다 보면 중독된다니까."

나랑 솜이가 떠드는 동안 치즈 고양이와 영미는 둘이서만 딴 세상에 있는 듯이 서로에게 빠져 있었다. 솜이와 나 따위는 안중에도 없어 보였다. 그런 둘을 바라보는 건 참 즐거운 일이었다.

"아얏."

그때 영미의 손을 깨문 고양이가 홱 몸을 뒤집고는 일어섰다. 영미는 자기 소리에 자기가 놀라 손을 입에 가져다 대었다. 마치 그렇게 하면 나온 소리를 다시 집어넣을 수 있다는 듯이 말이다. 천천히 걸음을 옮기던 고양이는 엄살떨지 말라는 듯 쓱 고개를 돌려 영미를 쳐다보고는 담장 위에 올랐다. 그 덩치로 어떻게 그런 점프가 가능한지 신기할 정도로 탄력 있는 몸놀림이었다.

"괜찮아?"

내 물음에 영미가 고개를 끄덕여 보였다.

"세게 물진 않아."

솜이가 영미의 손가락을 들여다보며 말했다.

"말을 못 하니까, 이렇게 의사 표현하는 건가 보다."

"말할 줄 알아도 깨물걸?"

솜이가 콧방귀를 뀌며 내 말을 받아쳤다. 그때 풋 하고 웃음을 터뜨리는 소리가 들렸다. 솜이와 내가 동시에 쳐다보자 영미는 조금 당황한 얼굴로 우리를 바라보다가 다시 배실배실 웃기 시작했다. 영미의 웃음소리가 예뻐서 나도 웃음이 새어 나왔고, 영미와 내 웃음소리 뒤로 솜이의 소리 없는 미소가 따라붙었다.

영미는 그날 말을 하진 않았지만 충분히 평화로워 보였다. 때로는 많은 말 없이 그저 시간이 필요한 일들이 있는 것 같았다.

다음 날 아침 교실에 들어섰는데 여느 때와 다른 분위기가 느껴졌다. 교실 뒤편에 아이들이 모여 수군거리는 모양새가 영 심상치 않아 보였다. 순간 사라진 성금과 관련된 일이 아닐까 하는 생각이 머릿속을 스쳤다. 단태희는 보이지 않았지만 우보연과 박선희를 주축으로 아이들이 모여 있었다. 내가 들어서는 모습을 본 박선희가 팔꿈치로 슬쩍 우보연의 팔을 쳤다. 우보연과 다른 애들의 시선이 일제히 내게 쏠렸다.

"야, 서율무."

시선을 무시하고 자리로 가려는데 우보연의 목소리가 나를 가로막았다.

"이것 좀 봐 봐."

"뭔데?"

"보면 알아."

마지못해 내가 다가가자 아이들이 한 명씩 옆으로 비켜서며 길을 터 주었다. 잔뜩 눈에 힘을 주고 나를 쳐다보는 아이도 있었고 영 못마땅한 기색으로 힐긋거리는 아이도 있었다. 정도의 차이는 있었지만 내게 호의적이지 않은 건 확실해 보였다.

"이거 어떻게 된 건지 알아?"

문이 활짝 열려 있는 사물함을 가리키며 박선희가 물었다. 요 근래 늘 들어 왔던 카랑카랑한 목소리가 아닌, 어쩐지 주저하는 기색이 느껴지는 말투였다.

"내가 알아야 해?"

나는 부러 태연한 척 대꾸했다. 사실은 놀라서 가슴이 콩닥거렸지만 내색하고 싶지 않았다. 사물함에는 이미 누가 안을 헤집어 본 듯한 봉투가 놓여 있었다. 누가 굳이 설명해 주지 않더라도 사라진 성금 봉투라는 건 충분히 짐작할 수 있었다. 문제는 그게 왜 솜이의 사물함 안에 있느냐는 점이었다.

"요즘 너희 둘이 어울려 다닌다며. 애들이 그러던데."

우보연은 마치 자신은 관심이 전혀 없지만 주변에서 하도 시끄럽게 구니까 묻는다는 투로 말했다. 나는 우보연 대신 박선희를 쏘아보며 말했다.

"솜이는 사물함 안 잠그고 다녀. 맘만 먹으면 누구라도 거기 놔둘 수 있을걸?"

"그런 맘을 누가 먹어? 이유가 없잖아."

박선희에게 말했는데 우보연이 나서서 대꾸했다.

"도대체 그런 짓을, 누가 왜 하겠어."

자기 머리로는 진짜 이해할 수 없다는 표정을 짓는 우보연을 보니 한숨이 절로 나왔다. 어떻게 그렇게 자기가 보고 싶은 것만 보고 믿고 싶은 것만 믿는 걸까. 자기소개 사진에 구멍을 내고, 교과서를 찢어 버린 애들과 어울리면서…….

"그러게. 그런 짓을 누가 왜 하는 걸까."

나는 박선희에게서 시선을 떼지 않으며 목소리를 낮췄다.

"원래 사물함 문이 열려 있었던 건 아니야. 닫혀 있었는데 내가 이쪽에서 사물함을 열었더니 갑자기 그 문이 툭……."

박선희가 말했다.

"그래? 그럼 그 돈 발견한 사람이 너구나?"

나는 의미심장한 눈빛으로 박선희를 노려보았다.

"설마 선희를 의심하는 거야? 선희가 왜 그러겠어? 얼마나 열심히 모금 운동을 했는데."

우보연이 어이없다는 표정으로 말했다. 사실 맞는 말처럼 들리기도 했다. 이런 일을 꾸며서 박선희 본인에게 좋을 게 뭐가 있을까. 일이 잘못될 경우의 결과까지도 감수할 배짱이 있는 아이던가? 박선희가?

"체육 시간마다 교실에 혼자 남아 있는 사람도 독고솜밖에 없잖아. 돈을 훔칠 만한 시간은 그때밖에 없었어."

박선희의 말에 다들 고개를 끄덕였지만 내 생각은 달랐다.

"돈은 태희 자리에 있었던 게 맞지?"

"그게 뭐?"

"쉬는 시간에 한두 번 화장실은 다녀왔을 테고, 수학 시간 끝나면 교무실에도 들르잖아? 태희가 자리 비운 시간이 체육 시간만 있는 건 아니라고."

수학 선생님은 매 수업 끝나기 몇 분 전에 간단한 쪽지 시험을 본다. 그 쪽지들을 걷어서 교무실에 전달하는 역할은 반장인 단태희가 맡고 있었다.

"그때 누가 돈을 훔치겠어? 보는 눈이 한둘도 아니고."

"그 많은 눈들이 보고 있는데도 의심받지 않을 사람이겠지."

"뭐?"

"태희 자리에서 얼쩡거려도 아무도 의심하지 않을 만한 사람."

나는 우보연과 박선희를 번갈아 보며 말했다. 확신이 있는 건 아니었다. 그럴듯하게 정황을 그려 보긴 했지만 그것만으로는 부족했다. 내 추리로 '어떻게' 했는지는 설명할 수 있다고 해도 '왜' 그랬는지는 밝혀낼 수 없었다. 하지만 솜이를 범인으로 몰아가는 상황이니 무슨 말이든 해야 했다.

"아까도 말했지만 우리 중에 누구도 그런 짓을 할 이유가 없어. 그렇게 열심히 모금 활동을 하고서 왜 이런 짓을 벌여? 독고솜하고 무슨 원수진 것도 아니고."

우보연은 똑같은 주장을 되풀이했다. 내가 시원하게 동기를 밝히지 못하는 이상 그게 가장 효과적인 방어 논리라는 것을 우보연도 잘 알고 있는 듯했다. 나는 어금니를 꽉 깨물고 반박에 나섰다. 동기도 증거도 없이 더 해 봤자 말싸움밖에 안 될 걸 알면서도 어쩔 수가 없었다.

"그럼 솜이한테는 그럴 만한 이유가 있고?"

"그럼, 있지."

"뭐? 뭐가 있는데?"

"독고솜, 스마트폰도 없잖아. 그거 사려고 했을 수도 있지."

우보연의 말에 나도 모르게 헛웃음이 크게 나왔다.

"솜이는 스마트폰에 전혀 관심 없어. 선물로 받는다고 해도 안 가지고 다닐 애라고."

"그런 것도 알 정도로 마녀랑 친한가 보네."

내가 비웃는 것처럼 보였는지 우보연이 발끈해서 지껄였다.

"하긴, 독고솜이나 너나 똑같지. 스마트폰은 너도 필요 없겠다. 둘 다 어울리는 애들도 없잖아. 너넨 모금 활동에도 전혀 관심 없었지? 은영미가 누구인지, 무슨 상황인 줄은 아니? 아, 모르겠지. 그러니까 훔쳤겠지. 알고도 훔쳤으면, 어우, 진짜……."

순간 주먹에 힘이 들어갔다. 우보연을 때리고 싶어서 힘을 준 건 아니었다. 주먹이라도 꽉 쥐면 욱하는 마음이 진정될까 싶어서였다. 그때 뒤에서 내 마음보다 더 격하게 불타오르는 기운이 느껴졌다. 돌아보지 않고도 짐작할 수 있었다. 활활 타오르는 어두운 기운. 우리 학교에서 그런 기운을 뿜어낼 수 있는 사람은 내가 알기론 단 한 명밖에 없었다.

"솜이야."

솜이는 교실 문 앞에 우두커니 서서 아이들을 노려보고 있었다. 이 세상의 어둠이란 어둠은 다 모아 놓은 듯한 새까만 눈동자가 교실을 집어삼킬 기세로 번득였다. 교실 안으로 뻗치던 빛줄기가 갑자기 모습을 감추자 그전까지 할 말 다 하던 애들이 입을 딱 다물고 침만 겨우 삼켜 냈다. 솜이는 그저 미동도 없이 서 있을 뿐이었지만 교실에 있던 아이들 모두 허옇게 질린 얼굴이 되어 버렸다. 눈에 보이진 않지만 분명히 발밑에서부터 등줄기를 스멀스멀 타고 오르는 무엇이 느껴졌다. 소름 끼치고 두려운 무엇.

나 역시 섬찟한 느낌을 받았지만 내가 걱정한 건 그 순간의 공포감이 아니라 그 후에 벌어질 일이었다. 아직 솜이의 능력을 제대로 다 아는 게 아니라서 더욱 그랬다. 그대로 두면 안 되겠다는 생각에 몸을 움직였다. 아이들이 느끼는 공포가 구체화되기 전에 서둘러야 했다.

나는 솜이에게 다가갔다. 그리고 조심스레 솜이의 손을 잡았다.

"솜이야."

나는 솜이가 무섭지 않았다. 무섭기는커녕 그 검고 검은 눈이 마냥 슬퍼 보일 뿐이었다. 내가 수사를 열심히 했다면 이런 일이 없었을 거라는 자책도 들었다.

솜이는 나를 쳐다보다가 말없이 몸을 돌렸다. 솜이의 손이 내 손에서 힘없이 빠져나갔다. 나는 솜이를 붙잡지 못했다. 그렇다고 솜이를 혼자 둘 수도 없었다. 그래서 내가 할 수 있는 일을 했다. 조용히 솜이의 뒤를 따라 걸었다. 솜이와 함께하는 것. 그게 그 순간 내가 솜이를 위해 할 수 있는 유일한 일이었다.

교실을 나서는데 등 뒤 저편에서 다시 어물거리는 햇살이 느껴졌다. 그리고 그제야 정신을 차린 듯 수런거리는 아이들의 목소리도 들려 왔다.

"학교, 이제 안 갈 거야."

집으로 오는 내내 아무 말이 없던 솜이는 거실 소파에 비스듬히 드러누워서야 입을 열었다.

"애초에 중학교는 들어가지 말 걸 그랬어. 초등학교도 여기저기 전학 다니느라 힘들었는데. 엄마가 하도 의무교육은 꼭 받아야 한다고 해서……."

툴툴거리기는 해도 아까보다는 기분이 나아진 듯했다. 스산한 기운이 물러간 지는 한참이었다.

"그래도 엄마가 당부하신 거면 계속 다녀야 하지 않을까?"

나는 솜이의 눈치를 살피며 조심스럽게 물었다. 아직은 좀 더 볼통거리게 내버려 두는 게 낫지 않을까도 싶어 말을 꺼내기가 쉽지 않았다.

"흥. 엄마도 이런 상황이라면 계속 안 다녔을걸."

솜이는 온몸에 힘이 빠진 듯이 팔다리를 늘어뜨리며 말했다. 마치 축 처진 빨래에 뾰로통한 얼굴이 달려 있는 것 같은 모습이었다. 나는 속으로는 역시 엄마의 유언을 지키는 게 좋을 거라고 생각하면서도 당장 무슨 말을 덧붙이지는 않았다. 무단으로 학교를 빠져나왔지만 솜이를 따라 나오길 잘했다는 생각도 했다. 그런 일을 겪고 이 텅 빈 집에 솜이 혼자 있는 건 너무한 일이었다.

나는 솜이의 뚜덜거림을 잠자코 듣다가 솜이가 가장 좋아하는 고구마를 들고 왔다. 찐 고구마는 항상 바구니 한가득 식탁 위에 놓여 있었다. 솜이는 바스스 몸을 일으켜 고구마를 건네받았다. 오물오물. 솜이가 고구마를 한 입 베어 물자, 핏기 없이 하얗던 얼굴에 점차 온기가 드리웠다. 마침 집에 들어오면서 켠 보일러가 힘차게 돌아 거실 바닥도 뜨끈해진 참이었다. 솜이는 말없이 고구마를 먹다가 갑자기 고개를 살짝 떨구고 물었다.

"근데…… 혹시 영미가 알면 오해하진 않을까?"

퍽 풀 죽은 목소리였다. 이런 모습은 처음이라 당황스러우면서도 한편으로는 안쓰러웠다.

"그럴 리가 없잖아. 영미는 널 믿을 거야."

"그걸 어떻게 알아?"

"솜이 네가 영미 마음 풀어 주려고 얼마나 애썼는데."

"이제 겨우 시작이었는데……."

솜이가 시무룩하게 말했다.

"그런 마음을 분명 알아줄 거야."

"그럴까. 그랬으면 좋겠다."

솜이는 도둑으로 몰려 속상한 것보다 영미가 자신을 도둑으로 생각할까 봐 걱정하는 마음이 더 큰 것 같았다. 나는 그런 솜이가 새삼 더 좋아졌다. 우정의 크기가 부풀기에 좀 이상한 타이밍인지 몰라도, 아무튼.

우리는 그렇게 고구마를 나눠 먹다가 누가 먼저랄 것 없이 잠들어 버렸다. 아직 해가 머리 꼭대기에도 오르지 못한 시간이었다.

"어이."

눈꺼풀 위로 내려앉은 햇살과 함께 생경한 목소리가 낮잠을 방해했다. 나는 어리마리 잠에서 깨어 목소리의 정체를 파악하려고 눈을 깜작거렸다.

"어이, 독고솜."

목소리의 주인공이 소파에 모로 누워 자고 있는 솜이를 내려다보며 말했다. 소파에 기대 앉은 자세로 자고 있던 나는 낯선 남자의 등장에 퍼뜩 정신이 들어 상대를 올려다보았다. 자세히 보니 솜이를 바라보는 남자의 얼굴엔 온화한 미소가 어려 있었다. 남자는 힐끗 나를 쳐다보고는 초승달 모양으로 눈웃음을 지으며 말했다.

"안녕."

"아, 안녕하세요."

다정한 목소리에 어쩐지 더 공손하게 인사를 하게 되었다. 사실 잠에서 완전히 깨자 남자의 정체가 충분히 짐작되었다.

"솜, 솜!"

남자는 목소리 톤을 높인다고 높였지만 솜이는 꿈쩍도 하지 않았다.

"우리 집 여자들 잠 많은 건 하여간……."

남자가 낮게 한숨을 내쉬며 말했다.

"좀 이따 다시 깨워 볼까."

싱긋 웃어 보이는 남자에게서 달콤한 향기가 풍겼다. 평범한 인상이었지만 그래서인지 더 친근한 느낌이 들었다. 길을 가다가 뭔가 물어봐야 할 일이 생기면 누구든 그에게 다가갈 것 같달까. 남자는 한쪽 무릎을 바닥에 대고 앉아 내게 물었다.

"명탐정 맞지?"

나는 얼굴이 홧홧 달아오른 채 고개를 끄덕였다. 솜이가 나를 명탐정이라고 부를 때와 똑같이, 무척 태연한 태도였다.

"난 독고솜 삼촌이야. 솜이 엄마가 내 누나지."

"네. 솜이가 삼촌 얘기 한 적 있어요. 저는 서율무예요."

"학교에서 연락받고 온 거야. 나한테 무슨 사정이 있는지 묻는 거 보니까 학교에서도 무슨 사정인지 모르는 거 같던데."

나는 어떻게 대답해야 할지 몰라서 주뼛거렸다.

"조용할 날이 없지?"

솜이 삼촌이 새근덕새근덕 잠든 솜이 쪽으로 눈짓을 주며 물었다. 말 안 해도 다 안다는 듯한 투였다.

"아니요, 아니. 솜이는 아무 잘못 없어요."

학교에서 뛰쳐나온 일에 대해 솜이를 탓하는가 싶어서 급한 마음에 설레발을 치며 나섰다.

"걱정 안 해도 돼. 혼내려는 거 아니니까. 혼낸다고 내 말 들을 애도 아니고."

삼촌은 자상한 목소리로 말하고 나서 나지막이 혼잣말을 했다.

"누나가 있었다면 달랐을 텐데……."

솜이는 보통 아이가 아니니 삼촌으로서는 돌보는 일이 힘에 부칠 수도 있겠다 싶었다.

"근데 명탐정 너도 좀 곤란해지겠다. 오늘 무단으로 수업 빠져서."

"아……."

그 정도는 감수해야죠. 솜이는 비밀스럽고 특별한 친구니까요. 그렇게 으쓱대고 싶은 걸 꾹 참았다.

"이러면 어떨까? 내가 학교에 전화해서 잘 둘러댈 테니까, 명탐정 넌 오늘 무슨 일이 있었는지 나한테 말해 주는 거야."

"선생님한테 어떻게 얘기하실 건데요?"

"솜이가 아픈데 마침 보살펴 줄 사람이 없어서 우리 명탐정 친구가 곁을 떠나지 못했다고 할게."

충분하진 않았지만 지금 상황에선 삼촌이 제시한 방법이 최선처럼 보였다. 어른이 그렇게 말해 준다면 적어도 정상참작은 될 거라고 생각했다.

"좋아요. 근데 정말 솜이는 잘못한 거 없어요."

삼촌은 고개를 끄덕이고 부엌으로 향해 김이 모락모락 나는 차 두 잔을 양손에 들고 오며 말했다.

"요즘 청소를 자주 하는 거 같긴 하지만 혹시 모르니까……."

나는 찻잔을 받아 들고 호로록 한 입 마신 뒤 찬찬히 이야기를 시작했다. 솜이가 돈을 훔쳤다는 누명을 썼는데 그 돈은 영미라는 아이를 위해 모은 성금이었고, 모금을 한 이유는 엉미기 입원을 했기 때문인데 왜 입원을 했냐 하면……. 두서없이 시간대를 거꾸로 해서 이야기를 늘어놓다 보니 말이 자꾸 꼬였지만 삼촌은 인내심을 가지고 들어 주었다. 그러다 보니 어느새 내 이야기는 솜이가 전학 오기 전, 그러니까 단태희와 한동네 살던 시절에 있었던 일까지 더듬고 있었다.

"그 일은 나도 생각난다. 그때 그 쥐 무덤. 그 집이 태희라는 아이 집이었구나."

삼촌이 한쪽 눈썹을 살짝 찡그리며 말했다.

"그때 그 일 때문에 그렇게 떠나고 다시 여기로 오겠다고 했을 때 말렸었거든. 예전에 살던 사람들이 많이 떠났다고 해도 작은 도시라 어떻게 얽힐지 모르니까. 근데 누나는 여기 터가 좋다고……. 마녀들한테 좋은 터라고 하니."

마녀들한테 좋은 터라니, 그런 말은 처음 들었다.

"그럼 사람들한테는 안 좋은 터예요?"

"마녀도 사람인데?"

삼촌은 부드러운 말투로 되물었지만 나는 순간 얼굴이 벌게져서 버벅거렸다.

"아, 그게 아니라, 그니까 그게, 보통 사람…… 저 같은 보통 사람이요."

"딱히 그런 거 같진 않네. 나도 보통 사람이지만 별일 없으니까."

"삼촌은 여기서 계속 계셨어요? 이 동네에서요."

"마음은 항상 여기 있었지."

"왜요?"

"탐정은 역시 궁금한 게 많구나?"

삼촌은 빙긋 한번 웃고 나서 갑자기 심각한 얘기라도 하는 듯이 말했다.

"사실 터가 좋다느니 하는 누나 말은 다 핑계였을걸. 여기 사람들이 씀씀이가 괜찮다고 여러 번 그랬었거든. 마녀들이 사례금은 필요 없다고 하는 말을 절대 믿으면 안 된단다."

내가 눈을 동그랗게 뜨자 삼촌이 훗 하고 웃으며 말했다.

"농담이야, 농담."

아무래도 삼촌은 농담에는 소질이 없는 것 같았다.

"아마 솜이가 여기서 새로 좋은 추억을 쌓길 바라서 돌아온 게 아닐까. 지금까진 잘되고 있는 거 같은데? 이렇게 걱정해 주는 친구도 생기고. 그래도 이번엔 꽤 고집부릴 거 같지? 가뜩이나 학교 가기 싫다고 하는 애를 어르고 달래서 보내놨는데 일이 이 지경이 됐으니."

"제가 범인을 밝혀내면 솜이도 마음을 바꿀 거예요."

"오……."

내가 다부지게 대답하자 삼촌이 흥미로운 눈빛으로 나를 쳐다보았다.

"처음에 돈이 사라졌을 땐 용의자가 너무 많았는데 솜이한테서 돈이 발견되었으니 이제 그럴 만한 동기를 가진 사람은 몇 안 돼요."

"그럼 학교 문제는 명탐정을 믿어 볼까?"

삼촌이 자리에서 일어나며 말했다.

"일하다가 잠깐 나온 거라서 이제 들어가 봐야겠다. 하나만 더 부탁해도 될까?"

"네."

"솜이 일어나면, 그 영미라는 아이, 집으로 다시 초대해 보라고 해 줄래?"

"네?"

"솜이가 오해받을까 봐 신경 쓴다니까. 삼촌이 잔뜩 장 봐 오기로 했다고, 영미랑 맛있는 거 먹으면서 얘기 많이 해 보라고 했다고 전해 줘."

"……네!"

나는 활짝 웃으며 대답했다. 삼촌은 그런 나와 여전히 단잠에 빠져 있는 솜이를 다정한 눈길로 번갈아 바라보고는 몸을 돌렸다. 삼촌이 집을 나서는 뒷모습을 멀거니 지켜보는데 이상하게 아쉬운 느낌이 들었다. 솜이 같은 능력은 없지만 삼촌에게는 다른 힘이 있었다. 친절함, 상냥함, 다정함 같은 것들이 그 정도의 힘을 가지는지 나는 그날 처음 알았다.

그때 삼촌이 떠난 자리에 남아 있는 달콤한 향기가 코끝을 스쳤다. 퍼뜩 정신이 들었다. 내가 아는 향, 내가 들어 본 향이었다. 요정이 지나간 자리에 남는 향기. 요정이 흘리고 간 체취. 그건 바로 옅은 코코아 향이었다.

자신 있게 범인을 찾겠다고 말은 했지만 용의자 수가 적어졌다고 해서 추리가 더 쉬워진 건 아니었다. 게다가 범행 동기를 그럴듯하게 설명해 낸다고 해도 증거를 찾지 못하면 아무 소용 없기 때문에 범인 색출을 위해서 함정이라도 파고 싶은 심정이었다. 일단 내가 생각한 용의자는 박선희, 우보연, 그리고 단태희 세 명이었다.

박선희나 우보연은 단태희의 자리에서 어슬렁거린다고 해도 아무 의심도 받지 않을 만한 인물들이다. 아마 대놓고 단태희 소지품을 뒤적여도 다들 여왕이 뭔가 가져오라고 시켰으려니 하고 대수롭지 않게 볼 터였다. 돈을 쉽게 손에 넣을 수 있는 정황으로만 보자면 우열을 가리기 힘들 정도였다.

그런데 왜 그랬는지를 따지고 들면 둘 다 석연치 않은 구석이 있었다. 박선희는 단태희를 배신할 이유가 없고 단태희를 배신하면서까지 독고솜을 모략할 이유도 없어 보였다. 물론 이번에도 단태희가 시켜서 한 거라면 얘기가 다르지만 말이다. 아니면 혹시 내가 모르는, 솜이에게 쌓인 감정이 있는 걸 수도…….

부반장이자 제법 인기도 있는 우보연이라면 여왕의 자리를 흔들어 보고 싶은 마음이 있었는지도 모른다. 솜이의 사물함에서 돈이 발견되기 전까지만 해도 단태희에 대한 수군거림은 좀처럼 잦아들지 않았었으니까. 요란스럽게 나댈 때부터 알아봤다느니 그렇게 중요한 돈 간수도 제대로 못 하면서 맨날 위세만 부린다느니 하는 말들이었다. 하지만 우보연이 노린 게 일인자의 위신 깎아 먹기였다면 왜 솜이에게 누명을 씌운 걸까? 그대로 두었다면 돈을 잃어버린 단태희에게 계속 비난의 화살이 쏠렸을 텐데 말이다.

솜이가 돈을 훔친 범인이라는 소문이 돌면서 그러면 그렇지 여왕이 그럴 리가 없다는 말이 나돌고 순식간에 단태희는 동정표까지 잔뜩 그러모으게 되었다. 반 친구들을 믿어 의심치 않았던 여왕이 수상한 전학생에게 뒤통수를 맞았다는 것이다. 그런 말들의 중심에는 우보연이 있었다. 아무래도 우보연은 단태희와 한배를 탔다고 생각하는 것 같았다. 결국 나는 용의자 명단에서 우보연의 이름을 지우고 말았다.

범인은 성금을 이용해서 솜이를 괴롭히려 했다. 그럴 동기가 분명한 사람은 내가 알기로는 딱 한 명밖에 없었다. 솜이와 악연으로 얽혀 있고 솜이가 전학 오자마자 자신의 힘을 과시했던 사람. 여전히 풀리지 않는 의문이 있긴 했지만 증거가 발견된다면 얘기는 달라질 터였다. 문제는 어떻게 증거를 확보하느냐는 거였다.

그런데 사건은 뜻하지 않은 방향으로 흘러갔다. 한 방에 모든 일을 해결해 줄 결정적 증인이 나타난 것이다.

“그거 내가 그랬다.”

“뭐?”

“그 돈, 내가 넣어 놓은 거야.”

나는 어이없는 표정으로 박선희를 바라보았다. 박선희는

교복 상의 주머니에 양손을 찔러 넣고 몸을 배배 틀면서 뚱하니 말을 던졌다.

"왜 그랬는데?"

"몰라서 물어?"

박선희의 천연덕스러운 반응에 울컥 화를 낼 뻔했다.

"넌 맨날 그런 짓 하면서도 어쩜 그렇게 태연하냐?"

큰소리를 참다 보니 오히려 말이 싸늘하게 식어 나왔다.

"그럼 하라고 하는데 어떡해?"

난 시키는 대로 했을 뿐이야. 너라면 뭐 다를 줄 알아. 들릴 듯 말 듯 박선희가 낮게 읊조렸다. 박선희의 증언은 공범의 자백이나 다름없었다.

"난 여왕 말대로 한 거밖에 없어."

나도 모르게 한숨이 나왔다. 인정하기 싫지만 이쯤 되면 인정할 수밖에 없다. 범인은 언제나 박선희의 입을 통해 밝혀진다.

"그만해, 이제."

"뭘?"

"단태희가 시키는 대로 하는 거 말이야. 그거 너한테 좋을 거 하나도 없어."

"서율무 넌 아무것도 몰라."

"내가 뭘?"

박선희는 가만히 나를 노려보다가 삐죽댔다.

"넌 내 처지를 이해 못 한다고. 넌 어릴 적부터 여왕이랑 한동네에서 살아 본 적도 없고 그 집 식구들한테 시달려 본 적도 없잖아."

"그게 무슨 말이야? 이게 각자 입장이 어떤지 따질 문제야? 나쁜 짓은 그냥 나쁜 짓이지."

"매사 그렇게 확실해서 좋겠다."

어쩐지 비꼬는 듯한 말투가 거슬려서 언성을 높여 물었다.

"너 진짜 솜이에 대해서 몰랐던 건 맞아?"

"뭐?"

"한동네 산다고 다 아는 건 아니니까 그러려니 했는데, 정말 솜이가 전학 왔을 때 누군지 몰랐어? 아니면 모른 척한 거야?"

"그게 지금 이거랑 무슨 상관이야?"

정색하는 박선희를 보니 머릿속이 복잡해졌다.

"율무 너 내 말을 하나도 안 믿는구나?"

박선희가 섭섭하다는 투로 말했다. 나는 애써 마음을 가다듬으며 물었다.

"도대체 왜 이제 와서 사실대로 말하는 거야?"

"그냥. 찔려서."

"갑자기?"

"갑자기는 아니야. 나도 이제 지겨워졌어."

"그럼 애들한테 얘기해 줄 거지? 솜이 누명 풀어 줄 거지?"

나는 목소리를 가다듬지 못한 채로 다급하게 물었다. 질문인지 부탁인지 알 수 없는 어조였다.

"서율무 넌 탐정이라는 애가 그렇게 둔해서 어떡해?"

"뭐?"

"나 벌써 시작했거든?"

박선희의 심드렁한 얼굴에 보일 듯 말 듯 옅은 미소가 번졌다.

"이제 진짜 끝이야. 이걸로."

무엇이 시작이고 무엇이 끝이라는 건지 감도 잡히지 않았다. 나는 그저 박선희가 무엇을 시작했든 그 끝엔 완벽한 해명이 있기를 바랐다. 그리고 그 바람 뒤에는 탐정도 아니고 명탐정은 더욱이 아닌 내 자신에 대한 부끄러움이 숨어 있었다.

추락에는 가속도가 붙는다.

이건 내가 원했던 그림이 아니었다.

여왕 단태희

먼지

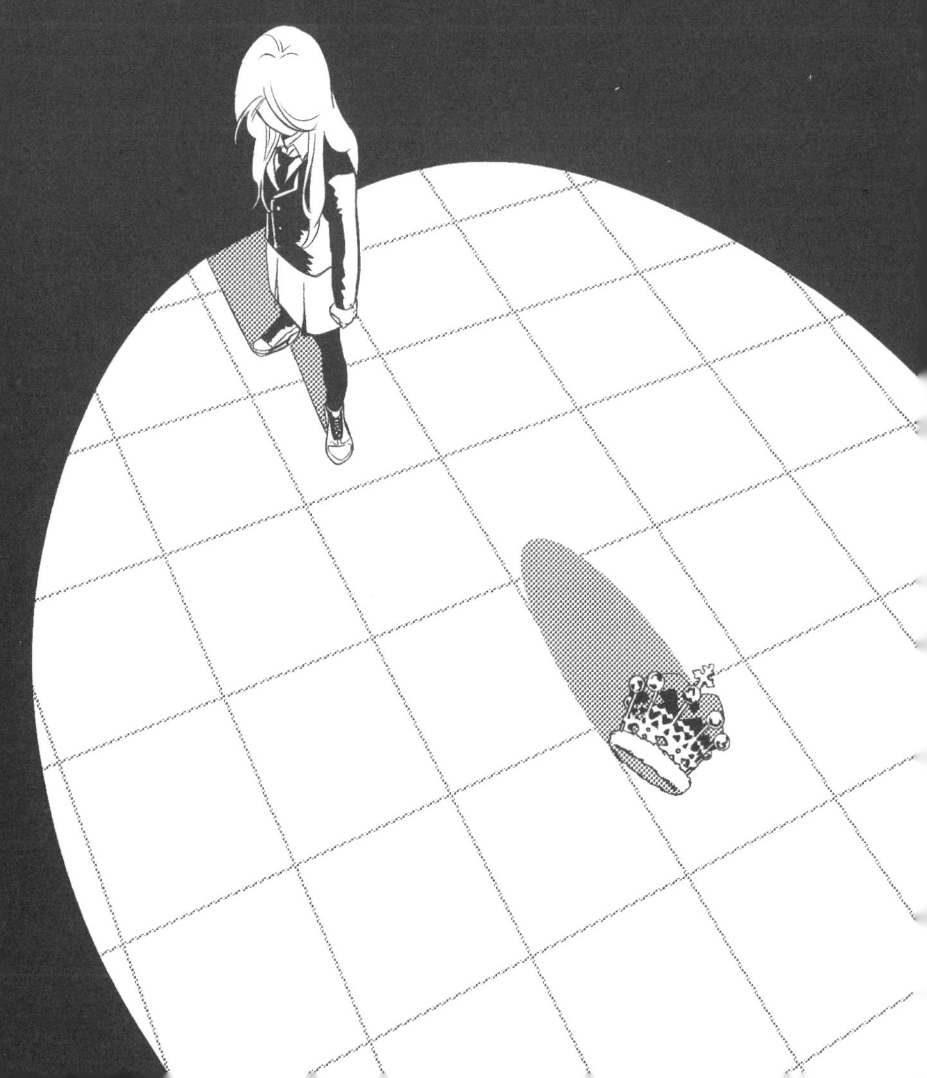

낌새가 이상했다.

분명 무슨 일이 있는데 나만 모르고 있는 것 같은 느낌. 나를 둘러싼 공기가 하루아침에 달라졌다는 감각. 난생처음 마주치는…… 적대적인 눈빛들.

대수롭지 않게 생각하려고 노력할수록 학교를 가득 채운 낯선 감정들이 보다 선명해져 왔다. 등하교를 할 때도 수업을 들을 때도 쉬는 시간에도 사방에서 시선이 느껴졌다. 그동안 익숙했던 선망의 시선이 아닌, 온몸이 따끔따끔하고 속이 메스꺼워지는 경멸의 눈초리였다. 당황한 티를 내지 않으려고 노력했지만 제대로 해내진 못했을 것이다. 언젠가는 왕의 자리에서 밀려날지도 모른다는 불안감을 항상 품고 살아오긴 했지만 한순간에 전교생의 따돌림을 받는 처지가 될 거라고는 정말 꿈에도 생각해 본 적이 없었다. 그런데 그런 일이 정말 일어난 것이다.

"그 애, 그 집 애 말이야. 왜 얘기 안 했니?"

엄마가 물었다.

"누구?"

"그 옛날 이상한 여자 딸 말이야. 걔 때문에 요즘 학교가 난리라며.”

“그건 어떻게 알았어?”

“어떻게 알긴. 선희 엄마한테 들었지. 넌 성금 얘기도 그렇고, 그 집 애가 전학 왔다는 말도 안 하고…….”

“엄마는 바쁘잖아.”

단진이 때문에. 나는 목구멍까지 치밀어 오르는 말을 꾹 눌러 내고는 딴청을 피웠다. 단진이의 고등학교 입시 준비로 한창 정신이 없을 때였다.

“그래도 중요한 얘기는 해 줘야지.”

“독고솜 얘기가 중요한 얘기야?”

“네가 열심히 모금 활동을 했다고 하니까. 그리고 그 돈을 훔친 애가 그 집 애라는데 그럼 안 중요해?”

“몰랐네. 엄마한테 그런 게 중요한 줄.”

은영미와 관련된 이야기를 엄마에게 하지 않은 이유가 딱히 있는 건 아니었다. 하지만 굳이 얘기해야 할 필요도 없다고 생각했다.

“태희 너 또 이럴래?”

“내가 뭘?”

“또 까칠하게 나오잖아. 오빠는 지금 중요한 때니까 네가 이해해 줘야지. 원래 남자애들은 손이 많이 가. 너는 엄마가 신경 안 써도 야무지게 잘하니까…….”

나도 중요한 때야. 나도 열네 살밖에 안 됐다고. 중학교 올라와서 적응하고 자리 잡느라 얼마나 힘들었는지 알아? 나는 이 말도 꾹 삼켰다. 해 봤자 안 통할 건 뻔했고 입버릇처럼 말하는 남자애가 어떻고 여자애가 어떻고 하는 말들에 토를 달아 봤자 입만 아플 뿐이었다. 사람이 어느 정도 나이를 먹으면, 그러니까 엄마 정도 나이의 어른이 되면 그때까지 고수한 생각만이 진리라고 여기게 되는 걸까.

"그래도 돈을 찾았다니 다행이다. 그대로 잃어버렸으면 어쩔 뻔했어."

엄마가 가슴을 쓸어내리며 말했다. 그건 엄마 말이 맞았다. 그대로 잃어버렸으면 고스란히 내 실수가 될 뻔했다. 그러니 아무리 생각해도 이상한 일이었다. 범인은 독고솜이라고 밝혀졌는데 왜 다들 나를 사납게 쳐다보는지.

솔직히 성금이 없어진 걸 안 순간 당황하지 않을 수 없었다. 내가 실수한 게 하나도 없고 내 잘못이 아니라는 걸 강조하기 위해서 애써 태연한 척했지만 속에서는 애가 끓었다. 가뜩이나 침착함을 가장하기도 힘든데 애들은 또 왜 그렇게 난리를 치는지. 누구 돈이 없어진들 저렇게 야단법석일까.

애들이 눈에 불을 켜고 서로 의심하는 데는 다 이유가 있었다. 바로 없어진 돈이 자기들 돈이기 때문이다. 고작 몇 푼일지언정 금쪽같은 자기 돈이라 이거다. 처음부터 끝까지 앞장서서 모금 활동을 한 건 나인데 마치 자기들이 성금의 주인인 것처럼 굴면서 나한테 책임을 물을 기세로 숙덕대니 기가 찰 노릇이었다.

어이가 없긴 했지만 돌아가는 상황이 그러하다 보니 나는 독고솜 사물함에서 돈이 발견되고 나서야 비로소 한시름 놓을 수 있었다. 거기서 박선희가 그렇게 활약할 줄이야. 물론 얻어걸린 것처럼 보이긴 하지만 그래도 얼마나 다행인지……. 박선희를 곁에 두기 정말 잘했다는 생각이 들었다. 그러잖아도 독고솜이 범인인 걸 어떻게 그럴듯하게 밝혀지게 할까 고민이었는데.

게다가 우보연도 앞장서서 내 편을 들어 주었다. 내 명예를 회복시키는 것이 자신의 임무인 듯 열심인 모습을 보니 좀 의아하기도 했다. 하지만 생각해 보니 그 또한 그럴 만했다. 모금 활동에 관한 한 우보연도 적극적이었으니 내 신뢰도가 깎이면 자기한테도 좋을 게 하나 없으니까. 역시, 사람들은 다 그런 식으로 움직이는 법이지. 그러니 우보연에게 고마워할 필요는 없었다.

"이제 어떡할 거야?"

쉬는 시간에 내 자리로 찾아온 김지민이 조심스럽게 물었다. 박선희가 돈을 찾아다 준 지 얼마 되지 않았을 무렵이었다.

"다시 날 잡아서 전해 줘야지. 그러자고 모은 거잖아."

내가 시큰둥하게 대답하자 김지민은 초조한 듯이 말을 이었다.

"근데 이런저런 일들도 있었고 아무래도 영미가 그런 사연다 알고 나면 더 기분이……."

"무슨 소리 하는 거야? 그래서 어쩌자고? 이 돈, 애들 다 다시 돌려줘?"

"그것도 방법이지."

"넌 진짜, 그게 말이 된다고 생각하니?"

그래도 김지민은 사리 분별 잘하는 애라고 생각했는데 정말 실망이었다. 내가 너무 쏘아붙였는지 김지민은 아무 대꾸도 하지 못했다.

"어차피 다시 학교 오면 다 알게 될 일이야. 이렇게 떠들썩하게 모금을 했는데 그게 없었던 일이 될 거 같니? 그리고 정말 짜증 나는 게……."

나는 부러 더 싸늘하게 김지민을 쳐다보며 말을 이었다.

"도움받는 주제에 자꾸 무슨 자존심 타령이야? 도와주는 사람한테 고마워해야지. 그리고 영미가 직접 그렇게 얘기한 것도 아니고, 왜 네가 나서서 그래? 그렇게 징징댄다고 뭐가 더 나아질 거 같니? 아니면 그냥 너 혼자 걱정하는 척, 착한 척 하고 싶은 거야?"

"아니야, 그런 거."

김지민은 내 눈을 똑바로 마주하고 입을 열었다. 그런데 그 때문에 사정없이 흔들리는 눈빛을 내게 바로 들키고 말았다. 나는 내가 의도치 않게 정곡을 찔렀다는 사실을 알아차렸다. 부끄러운 속마음을 어쩌다 남에게 내보였을 때의 기분은 어떨까. 김지민은 입술을 달싹이다가 이윽고 힘없이 중얼거렸다.

"아니다. 그 말이 맞는지도 몰라."

김지민이 고개를 푹 숙였다.

이상하게도, 별로 통쾌한 기분이 들지 않았다.

추락에는 가속도가 붙는다. 일단 늘 귀찮을 정도로 먼저 찾아와 온갖 얘기를 떠들어 대던 박선희가 조용해졌고 짧은 시간이었지만 내 명예의 보디가드처럼 나서서 보호벽을 쳐 주던 우보연이 잠잠해졌다. 두 사람을 불러 도대체 내가 모르는 무슨 일이 벌어지고 있는 건지 묻고 싶었지만 자존심 때문에 그럴 수가 없었다. 자존심. 그래, 자존심은 이럴 때 세우는 거다. 나 같은 사람이 끝까지 버리지 못하는 게 바로 자존심이다.

시도를 아예 안 해 본 건 아니었다. 티 나지 않게 슬쩍 박선희와 눈을 마주쳐 보기도 하고 우보연과 어깨가 스칠 듯이 가까이 지나쳐 본 적도 있었다. 하지만 거기까지였다. 더 하지 않아도 알 수 있었다. 둘 다 나를 외면하고 있다는 사실을. 받아들이기 힘든 현실이었지만 주책없이 더 다가갔다가는 망신만 당할 게 뻔했다.

"아직도 자기가 여왕인 줄 아나 봐."

뒷말을 엿듣는 장소로는 화장실이 딱이다. 물론 자신에 대해 이러쿵저러쿵 떠드는 소리를 듣고 싶은 사람은 없을 것이다. 나 역시 듣고 싶어서 들은 게 아니었다. 아무리 정보가 부족해서 몸이 달아 있었다고 해도 그런 식으로 알고 싶지는 않았다. 아이들 서넛은 내가 듣고 있는 줄도 모르고 세면대에서 손을 씻으며 말을 이어 나갔다. 죄 익숙한 목소리였다.

"여왕은 무슨. 그런 짓을 하고도."

"여태 그런 짓을 해 왔으니까 여왕이 됐지."

"난 진짜 가증스럽다는 말이 무슨 말인지 이번 사건으로 알겠더라. 혼자 고고한 척은 다 하더니."

"우보연 얘기 들었어? 전에 영미 병문안 갔을 때 음료수랑 과자 산 것도 여왕이 자기가 돈 낸다고 하고서 홀랑 떼먹었다더라."

"아, 진짜 꼴 보기 싫어. 어떻게 저렇게 뻔뻔하게 학교에 계속 나오지?"

"어차피 담임 귀에 들어가면 끝일 텐데 뭐."

"지금까진 선생님들 믿고 나댔지만 이번에는 못 그러겠지."

"확 퇴학당했으면 좋겠다."

낄낄 웃는 소리가 들렸다. 방금 전 교실에서 마주쳤을 때만 해도 찍소리도 못 하던 애들이 아주 기고만장해서는……. 더는 참지 못하고 문을 열었다. 어디 내 얼굴을 보고도 그런 웃음이 나오는가 보자.

익숙한 얼굴들이 일제히 나를 바라보았다. 놀라야지. 어서 놀라 미안하다고 하렴. 눈을 부릅뜨고 속으로 뇌까렸다. 그런데 내 예상과는 달리 나를 반기는 건 서느런 침묵뿐이었다. 이어지는 침묵 속에서 당황한 사람은 나밖에 없는 것처럼 보였다.

"다 들었나 보네?"

정적을 깨고 나온 말은 내가 기대했던 말이 아니었다. 아이들은 미안해하기는커녕 내 속죄를 요구하는 듯이 이죽거렸다.

"잘됐네. 자기도 느끼는 게 있겠지."

"그럼 다행이게."

"불쌍한 척해도 속지 말아야 해. 얼마나 영악한지 다들 알잖아?"

수적으로도 불리했지만 날 향한 적개심이 어찌나 강한지, 그 자리에선 무슨 말을 해도 씨알도 안 먹힐 것 같았다. 나는 어금니를 악물고 헛구역질처럼 쏟아져 나오려는 말들을 삼켜 냈다. 한마디도 못 하는 나를 보고 자기들이 이겼다고 여긴 듯 한 명씩 내 앞을 지나가면서 눈을 빗뜨는 꼴을 보니 부아가 치밀어 올랐다. 하지만 참아야 했다.

아무것도 모르는 상태로 맞붙어 봤자 우스운 꼴만 보이기 십상이었다. 전교생이 내게 반감을 가지더라도 반전의 기회는 노려 볼 수 있다. 그치만 나에게 아무 정보도 없다는 사실을 들켜 버린다면 얘기는 달라진다. 어리둥절한 모습을 보이는 순간 그걸로 게임 아웃. 만천하에 내 왕 노릇이 끝났음을 선포당할 터였다.

버티자고 마음먹었다. 아직 끝이 아니니까. 시련은 끝이 아니라 도약의 발판일 뿐이라고 생각했다. 상황이 더 나빠질 줄도 모르고.

다음 날 나는 교무실을 찾았다. 사 교시 끝나고 들르라는 담임의 말 때문이었다. 드디어 올 것이 왔다는 생각에 비장한 기분마저 들었다. 쓸데없이 애들과 싸우거나 구차하게 박선희나 우보연에게 전후 사정을 캐물을 필요 없이 담임을 잘 구슬리는 게 가장 효과적이었다. 나는 담임 말을 잘 들으면 되고 담임은 내 말을 믿으면 되는 거였다.

"태희야, 선생님이 왜 불렀는지 아니?"

담임은 자기 옆에 놓인 의자에 나를 앉게 했다. 나는 등받이 없는 의자에 허리를 꼿꼿이 세우고 앉은 채로 네, 하고 대답했다.

"선생님은 태희 얘기도 듣고 싶어서. 그 전까진 누구 편도 아니라는 걸 알아줬으면 좋겠다."

그냥 내 편이면 좋을 텐데. 담임 딴에는 자신이 공정하다는 사실을 강조하려는 의도였겠지만 내 입장에선 담임이 애들 얘기를 걸러 들었길 바랄 뿐이었다.

"너무 당황스러워요. 갑자기 다들 왜 그러는지 모르겠어요."

좀 더 동정심을 자극하고 싶었지만 이상하게 잘 되지 않았다. 나는 담담한 말투로 이어 말했다.

"아무도 저하고 말하려고 하지 않아요."

"너는 그 이유를 전혀 모르고?"

"네."

그 순간이야말로 어리둥절한 표정을 지어 보일 때였다. 내 안의 억울한 감정들을 모조리 끌어올려 눈물이 그렁그렁한 눈을 만들어 낼 수 있다면 좋을 텐데, 역시 눈물은 나오지 않았다.

"혹시 선희하고 얘기해 봤니?"

"박선희요?"

"선희 말로는 자기가 솜이 사물함에 돈을 넣어 놨다고 하던데……."

"박선희가요?"

"그래. 그런데 그게 누가 시켜서 그런 거라고."

담임은 거기서 말을 멈추고 지그시 눈을 감았다. 다음 말을 어떻게 해야 할지 고민하는 눈치였다. 하지만 박선희가 누구를 지목했는지는 더 듣지 않아도 알 수 있었다.

"전 아니에요."

놀랄 새도 없이 대답이 튀어나왔다. 나는 호흡을 고르고 나서 다시 한번 똑똑히 말했다.

"전 진짜 아니에요. 박선희한테 그런 짓 시킨 적 없어요."

안경 너머 담임의 주름진 눈꺼풀이 몇 번 깜박이더니 의미를 짐작할 수 없는 모양으로 자리 잡았다. 나와 박선희 둘 중에 한 명이 거짓말을 한다면 당연히 내가 진실을 말한다고 믿는 사람이 더 많을 줄 알았는데 담임의 눈빛을 보니 어쩌면 내가 그동안 박선희를 과소평가했는지 모르겠다는 생각이 들었다. 담임의 표정에서 나에 대한 전적인 신뢰 따위는 읽을 수 없었다. 아무리 긍정적으로 봐 봤자 51 대 49 정도였다.

"그리고 예전에 솜이 교과서 찢은 사람도 동일 인물이라고 하더구나. 그때도 본인이 한 게 아닌데 어쩔 수 없이 뒤집어썼다고."

독고솜에게 사과하고 반성문 제출하고 한 달 동안 화장실 청소. 교과서 사건의 범인이라고 자백한 박선희가 받은 벌이었다. 그럼 그거 때문에 앙심을 품고 있다가 일을 벌인 건가? 성금을 훔쳐 전교생의 주목을 끌고, 독고솜을 범인으로 몰고, 그 모든 게 내가 시킨 일이었다고 말을 뿌렸다고? 처음 하는 복수치고는 너무 스케일이 크다 싶었지만 박선희처럼 함부로덤부로 나서는 애라면 그럴 수도 있겠다는 생각도 들었다.

내가 할 말을 찾는 사이 담임이 재빨리 말을 이었다.

"선생님 생각엔 둘이 같이……."

담임은 낮게 숨을 내쉬며 안경테를 한번 추어올렸다.

"솜이를 찾아가 보는 게 어떨까 싶은데."

나더러 독고솜을 찾아가라니. 그것도 박선희와 함께? 입속의 혀처럼 굴다가 하루아침에 내 뒤통수를 친 박선희랑 같이?

"솔직하게 말할 수 있는 기회라고 생각하고. 선생님은 솜이가 마음이 풀려서 학교에 다시 나왔으면 좋겠구나."

담임이 마치 태희 네 맘도 그렇지? 하는 눈빛으로 나를 쳐다보는 바람에 나도 모르게, 나답지 않게 시선을 피해 버렸다. 내 발로 독고솜에게 찾아가는 건 상상도 못 했던 전개였다.

"다녀와서 다시 얘기하자. 그럴 수 있지?"

담임이 내 손등을 가볍게 토닥이며 말했다. 거칠거칠한 담임의 손바닥이 손등에 닿을 때마다 몸이 움찔움찔하고 속에서 쓴 물이 올라왔다.

이건 내가 원했던 그림이 아니었다. 말도 안 되는 상황이 이어지고 있었다.

담임과의 면담 이후 독고솜의 집에 찾아가기 전까지 내게 일어난 일을 요약해 보면 이렇다.

우선, 누군가 내 책상 서랍 속에 있던 교과서에 몹쓸 짓을 했다. 그리고 또 누군가가 거짓말쟁이, 이중인격자, 사이코 등 험담으로 가득한 내 자기소개글을 만들어 교실 뒤 보드에 붙여 놓았다. 보란 듯이 코팅까지 해서 말이다. 여기까지는, 참신함과는 거리가 멀었지만 노력은 가상하다고 생각했다. 하지만 괴롭힘은 점점 더 창의적이고 유치한 방향으로 계속되었다. 체육복의 소맷단과 바짓단을 꿰매 놓거나 신발장에 있던 내 운동화를 쓰레기통에 던져 놓는 식으로.

그렇게 당하고도 흔들리지 않기란 쉽지 않은 일이다. 예전에 내가 비슷한 수법을 종종 썼던 건 그런 방식이 항상 먹히기 때문이었다. 나라고 예외는 아니었다. 상대에게 무릎을 꿇든 꿇지 않든 굴욕감은 피할 수 없었다. 그리고 화가 났다. 왜 내가 이런 수모를 당해야 하는지 억울해서 미칠 것 같았다.

처음에는 박선희의 거짓말을 까발릴 작정이었다. 나는 결코 그런 짓을 시킨 적이 없다고, 진짜로 독고솜이 돈을 훔쳐 간 줄 알았다고 읍소라도 하고 싶었다. 하지만 상황은 이미 박선희가 벌인 판 안에서 박선희가 몰아가는 대로 움직이고 있었다.

박선희는 믿을 수 없을 정도로 능수능란했다. 모금 활동을 할 때 보여 줬던 실력은 그저 맛보기였다는 듯이, 이제는 천생 연기자처럼 활개 치고 다녔다. 그동안 자기가 내 아래에서 얼마나 힘들었는지, 내가 얼마나 악독하게 굴었는지 떠들어 대면서 아이들의 관심을 끌어모았다. 자극적인 이야기는 이번에도 어김없이 그 힘을 발휘했다.

아이들은 박선희에게 공감하고 박선희를 동정했다. 아이들과 박선희는 어느새 '우리'가 되었고, '우리'가 무슨 힘이 있었겠어, '우리'는 시키는 대로 할 수밖에 없었지, 하고 입을 모으며 서로 손을 잡아 주었다. 그렇게 힘을 합친 '우리'는 전에 없던 용기가 생겼는지 급기야 나더러 '우리' 힘을 다시 내놓으라며 난리를 쳐 댔다. 돌려주고 싶어도 이젠 돌려줄 힘도 없는데 말이다.

참담한 상황이긴 해도 해 볼 수 있는 일은 해 봐야 했다.

박선희와 아이들을 흔들 수 없다면 담임이라도 내 편으로 만들어야 했다.

담임이 원하는 것을 해 주자. 독고솜을 만나 다시 학교에 나오게 해야 해. 거기서부터 시작이야. 해야 한다, 해야 한다, 해내야 한다. 폭풍처럼 읊조리며 언덕을 올랐다. 익숙한 듯도 하고 낯선 듯도 한 동네 풍경이 눈에 들어왔다. 이상한 느낌이 들었다. 어릴 적 살던 동네를 걷고 있을 뿐인데 과거로 돌아온 것 같은 기분이 들었다. 독고솜네는 어떻게 이곳에 다시 올 생각을 했을까. 담임이 알려 준 주소를 검색해 보고 놀라지 않을 수 없었다. 동네뿐 아니라 살던 집도 그대로였기 때문이다. 동네 사람들에게 그런 일을 당하고도 이곳으로 다시 돌아오다니.

문득 독고솜네 대문 안을 엿보았던 순간이 떠올랐다. 그때 마주했던 독고솜의 섬찟한 표정. 별안간 목덜미에 한기가 돌았다. 찬 바람이 건조한 먼지를 싣고 자꾸만 내 주위를 맴돌았다. 호흡을 고르며 마음을 가라앉혔다. 정신 똑바로 차리자. 난 더 이상 독고솜 앞에서 겁먹었던 열 살 단태희가 아니야. 하지만 마음을 다잡고 걸음을 재촉해 보아도 불안한 마음은 가시질 않았다. 마치 한 걸음 한 걸음 내딛을 때마다 그 시절의 시간 속으로 들어가는 것처럼 느껴졌다. 그때 저만치, 초록색 대문 앞에 동그마니 서 있는 박선희의 모습이 보였다.

독고솜 집 앞에서 보자고 먼저 말을 꺼낸 쪽은 박선희였다. 정확히 말하면 날 찾아와서 덜렁 쪽지만 남겨 두었을 뿐이었다. 아마 담임이 박선희에게도 똑같이 말한 모양인데 내 쪽에서 반응이 없으니 찔러본 것 같았다. 나는 쪽지를 구겨서 쓰레기통에 던져 버렸다. 하지만 속으로는 가야 한다고, 갈 수밖에 없다고 체념하고 있었다.

박선희가 적어 놓은 시간에 맞추어 도착했으니 저쯤에서 박선희의 모습이 보인다고 놀랄 이유는 없었는데 막상 학교가 아닌 다른 곳에서 마주하니 침착함을 유지하기가 힘들었다. 적어도 나랑 단둘이 있을 때는 미안한 척이라도 할 줄 알았다. 하지만 박선희의 표정은 미안함과는 거리가 아주 멀어 보였다.

나는 박선희를 쏘아보며 최대한 천천히 다가갔다. 제발 내 눈빛이 차디차 보이길 바라며 눈에 힘을 주었지만 그럴수록 내 눈만 타들어 갈 듯이 뜨거워졌을 뿐이었다. 그런 날 바라보는 박선희의 얼굴에 얄궂은 미소가 어렸다.

"눌러."

인사 따위 생략하고, 대문 옆 벨 쪽으로 눈짓을 하며 말했다.

"벨 누르라고."

박선희는 말없이 코웃음 쳐 보이며 벨을 눌렀다. 띠리리리 띠리리리리. 짧은 멜로디가 끝나도록 안에서 소식이 없자 다시 한번 벨을 누르고 기다렸다. 똑같은 멜로디가 반복되었다.

"누구세요?"

멜로디가 끝나 갈 즈음 대문 안쪽에서 여자아이 목소리가 들렸다.

"나 선희야, 박선희."

"선희?"

잠시 후 대문을 열고 모습을 드러낸 사람은 뜻밖에도 독고솜이 아니라 서율무였다.

"율무 너도 있었네."

"어, 놀러 왔는데……. 근데 여긴 어떻게 알았어?"

서율무는 의아한 표정으로 박선희와 나를 번갈아 쳐다보았다.

"담임이 알려 줬어."

박선희가 어깨를 으쓱해 보이더니 내 쪽을 재빨리 흘겨보며 말했다.

"알잖아, 우리 사정. 독고솜한테 꼭 할 말이 있어서."

"지금? 지금 솜이 잠들었는데."

"아……."

박선희가 할 말을 찾는 동안 내가 나섰다.

"그럼 독고솜 깰 때까지 들어가서 기다릴게."

"내가 집주인도 아니고 마음대로 할 수가……."

서율무는 눈썹을 물결무늬 모양으로 만들며 잠시 고민하더니 말했다.

"그럼 여기 마당에서 잠깐 기다려 볼래? 한번 깨워 볼게. 근데 너무 기대는 하지 마. 깊이 잘 때는 암만 깨워도 소용 없거든."

해도 지지 않은 시간에 깨우기도 힘들 정도로 곯아떨어지다니. 역시 독고솜은…….

"집 전화도 없다고 하고, 주소밖에 없어서 미리 연락도 못 했어."

대문 안으로 들어서며 박선희가 변명하듯 말했다.

"그럼 한번 깨워 보고 안 일어나면 다음에 다시 오는 게 좋겠다."

"깨워."

자신 없는 기색으로 대꾸하고 돌아서는 서율무 뒤통수에 대고 내가 말했다.

"다시 안 올 거니까, 깨우라고."

서율무는 천천히 뒤돌아서면서 한숨 섞인 표정으로 나를 쳐다보고는 집 안으로 들어가 버렸다. 정작 발끈한 사람은 박선희였다.

"넌 아직도 똑같구나."

"뭐?"

"느끼는 것도 없고 반성하는 것도 없지?"

"내가 왜 그래야 하는데?"

"너 때문에 내가 엄청 괴로웠으니까."

"그래서 복수한 거야? 너도 네가 비열한 짓 한 거 알지?"

"비열? 내가 비열하다고? 그랬다면 너한테 배운 걸 텐데."

"아, 그렇게 배웠으니 이제 내 자리를 넘보겠다고?"

"왜, 안 돼?"

"넌 아무리 노력해도 내 발끝에도 못 미쳐. 원래 그렇게 타고났으니까."

나는 아주 솔직해질 작정으로 덧붙여 말했다.

"너희 엄마처럼 말이야. 잘해 봤자 똘마니지."

박선희는 뿌질뿌질 울화가 치미는 듯이 도끼눈을 하고 나를 노려보았다.

"사과해."

순진한 요구였다. 모처럼 거짓 없이 말했는데 사과라니.

"나한테, 우리 엄마한테, 그리고 독고솜한테, 그동안 태희네가 괴롭힌 모든 사람들한테 사과해."

"그럴 일 없어. 그리고 독고솜한텐 너야말로 사과해야지. 도둑으로 몬 사람이 누군데."

"난 사과할 거야."

의외였다. 박선희는 진짜로 독고솜에게 사과하기 위해서 찾아온 사람처럼 진지하게 말했다.

"난 사과할 거라고. 그러니까 너도 사과해."

"사과할 이유가 없어."

"너희 가족은 다 그 모양이지. 구제불능이야."

"뭐?"

"너도 그렇게 타고났나 보다. 악독하게."

더는 참을 수가 없었다. 박선희가 미웠고 이런 상황에 처한 내 자신이 싫었다. 이제 아무리 열심히 머리를 굴려도 박선희를 조종할 수 있는 날은 오지 않을 터였다. 박선희뿐 아니라 다른 아이들도 그럴 거라고 생각하니 화가 치밀었다. 다 필요 없어. 다 돌이킬 수 없어. 머리 써 봤자야. 순간 나를 보고 피식 비웃는 박선희의 얼굴이 눈에 들어왔다. 그걸로 끝이었다.

퍽. 나는 주먹으로 박선희의 턱을 때려 버렸다. 휘청. 박선희의 몸이 주저앉을 듯이 흔들리다가 겨우 중심을 잡았다.

"미친 거지?"

찍. 박선희가 한 팔을 크게 휘둘러 내 뺨을 때렸다. 눈앞이 번쩍하고 뺨에 불이 나는 것 같았다. 제대로 정신을 차리기도 전에 박선희가 달려들어 양손으로 내 머리카락을 움켜쥐었다. 두피가 뜯겨 나갈 것만 같은 아픔에 비명이 절로 나왔다. 나는 박선희의 팔을 떼어 내려고 애쓰면서 마구 발길질을 해 댔다. 대부분 헛발질이었지만 더러 박선희의 정강이를 정확하게 가격하기도 했다. 하지만 내 발길질이 세질수록 박선희의 아귀힘도 덩달아 세졌고 각자 내지르는 비명 소리도 커졌다. 그때였다.

"어?"

박선희가 내 머리카락을 위로 잡아당겼다. 갑자기 키가 엄청 커져서 저 위에서 나를 끌어 올리는 듯했다.

"어어……."

거인의 손에 머리채를 잡혀 대롱대롱 매달린 듯한 모양새로 내 몸이 붕 떠올랐다. 발이 땅에 닿지 않자 한 발씩 번갈아 가며 발질을 할 필요도 없었다. 나는 양발을 있는 힘껏 앞으로 걷어찼다. 제대로 얻어맞은 박선희의 입에서 난생처음 듣는 욕이 터졌다. 구수하게 욕설을 내뱉고는 자기도 놀랐는지, 박선희 손의 힘이 살짝 풀렸다. 흩어져 내리는 머리카락 사이로 잔뜩 겁에 질린 박선희의 얼굴이 올려다보였다. 그러고 보니 나도 죽자사자 박선희만 공격하고 있을 때가 아니었다. 둥둥. 우리 둘 다 공중에 둥둥 떠 있었다. 그것도 지붕 높이로. 발아래로 독고솜네 마당이 훤히 보였다.

"이, 이게 뭐야?"

박선희가 떨리는 목소리로 물었다. 어느새 우리는 상대방의 팔이 희망의 동아줄이라도 되는 것처럼 거머쥐고 있었다.

"내가 어떻게 알아?"

박선희에게 쏘아붙이자마자 두 다리가 허리춤까지 떠오르고 몸이 빙그르 돌았다. 버둥버둥. 도저히 균형을 잡을 수가 없었다. 기대어 버틸 만한 무엇도 없었다. 당장 바닥으로 내리꽂혀도 이상하지 않은 상황이었다. 그런데 어쩐지 기분이…….

우주를 유영한다면 이런 기분일까. 가벼운 공기가 몸을 감싸 주는 듯한 느낌. 부자연스럽지만 한편으로는 자유로운 느낌. 모든 감각이 새롭게 느껴졌다. 그리고 곧 온몸에 힘이 풀렸다. 내 팔을 움켜쥐었던 박선희의 손에서도 힘이 빠지고 있었다. 더는 붙잡고 있을 대상이 필요하지 않은 거겠지. 하나도 무섭지 않으니까. 박선희가 느끼는 감정이 고스란히 내게 전해지는 것 같았다.

그때 아래쪽에서 웃음소리가 들렸다. 박선희와 나는 동시에 소리가 나는 곳을 쳐다보았다. 현관 옆 일 층 창문이었다. 유리창을 활짝 밀어젖힌 창가에 팔을 기대고 서서 히들히들 웃고 있는 사람은 바로 독고솜이었다.

그럼 그렇지. 눈앞에서 떠다니던 고양이들이 떠올랐다. 내가 그 꼴이 되어 버렸네. 생각했던 거랑 다른 느낌이긴 하지만. 그때 몸이 훅 하고 아래를 향해 떨어져 내렸다. 심장이 철렁하더니 배꼽 아래가 간질간질했다. 그대로 바닥에 내리꽂히는 건가 했는데 기분 좋은 반동이 느껴지더니 몸이 다시 둥실 떠올랐다.

"뭐야, 이거!"

뱅싯이 웃으며 말하는 박선희의 두 눈이 뭐에 취한 듯이 풀려 있었다.

"고양이들만 띄우는 게 아니잖아!"

박선희의 몸이 핑글 돌더니 머리가 바닥으로 쏠린 채 멈추었다. 그 모습이 우스꽝스러워서 하마터면 웃음을 터뜨릴 뻔했다. 그런데 그 순간 다시 몸이 툭 가라앉았다가 탕 하고 떠오르자, 웃음이 터진 사람은 내가 아니라 박선희였다. 박선희는 바람 빠진 풍선처럼 퓨후후후후 하는 소리를 내며 웃었다. 이번에도 따라 웃을 뻔했다. 왜 자꾸 웃음이 나려고 하지? 공중에 떠 있어서 그런 건지 박선희가 웃겨서 그런 건지 알 수 없었다. 나는 가까스로 정신을 가다듬고 아래쪽을 향해 소리쳤다.

"서율무! 네가 어떻게 좀 해 봐!"

"미안. 좀 기다리는 수밖에 없어."

독고솜 옆에 선 서율무가 어쩔 수 없다는 듯이 고개를 흔들며 대답했다.

"뭘 기다려? 언제까지?"

내가 버럭하자마자 또 몸이 아래로 곤두박질쳤다. 물론 다시 두둥실 떠오르긴 했지만. 가만 보니 독고솜의 웃음소리가 커질 때마다 몸이 떠올랐다가 소리가 잦아들면 떨어져 내리길 반복하는 것 같았다.

"이거 정말 신기해! 기분이 정말 이상해!"

퓨후후후후. 박선희가 웃어 대며 소리쳤다.

"기분이 진짜……. 너무…… 미안……. 정말…… 미안……."

미안? 설마 지금 사과하는 건가? 이렇게 갑자기, 그것도 웃으면서?

"미안……. 미안해, 독고솜."

박선희가 미식미식 웃음을 흘리며 말했다. 슬쩍 독고솜을 쳐다보았다. 여전히 웃는 낯이었지만 무슨 생각을 하는지 속을 도통 알 수 없었다. 반면 박선희는 모든 경계가 풀린 듯한 얼굴을 하고서 말을 쏟아 냈다.

"독고솜, 내가 정말 미안해. 네 사물함에 돈 가져다 놓은 거 나 맞아. 그리고 누가 시킨 일도 아니야. 근데 지금은 다 잘됐잖아. 원래 이럴 생각이었어. 여왕 끝장내고 너 누명 벗고. 덤으로, 네가 단태희한테 열받아서 저주까지 내렸다면 더 좋았겠지만. 아무튼 이제 너도 괴롭힘당할 일 없어."

확실히 취했네. 뭐에 취해도 단단히 취했어. 무슨 주문에 걸린 것처럼. 박선희는 투명하게 속이 들여다보일 듯한 눈빛으로 독고솜을 바라보았다. 하지만 독고솜의 반응은 싸늘했다.

"날 위해서는 아니었잖아?"

냉정한 목소리. 순간, 박선희와 내 몸이 동시에 바닥에 철퍼덕 내려앉았다. 쩡하니 엉덩방아를 찧는 바람에 엉덩이가 뻑적지근했다. 정신이 번쩍 들었다.

"미안해. 난 정말……."

웃음기가 싹 사라진 박선희는 엉덩이를 문지르며 울먹거렸다.

"정말 미안해. 떠나기 전에 단태희한테 꼭 내 손으로 복수하고 싶었어. 맨날 무시당하고 살았던 거 너무 분해서."

또 내 탓 하려고? 왜 다 나 때문이야? 나는 독고솜을 바라보며 지껄이는 박선희를 향해 쏘아붙였다.

"그러니까, 날 끌어내리려고 그랬다는 거지? 은영미 위해서 성금 모으자고 한 것부터 계획적이었다는 거지?"

"그건 아니야. 처음엔 순수한 마음이었어. 가기 전에 기억에 남는 좋은 일 하나쯤은 하고 싶어서. 근데……."

"잠깐, 선희 너 어딜 간다는 거야? 떠난다는 말은 뭐고?"

서율무가 끼어들어 물었다.

"나 전학 가. 겨울방학 하면 이사 갈 거야."

어이가 없었다. 상황을 이 지경으로 만들어 놓고 자기만 쏙 빠져나갈 속셈이었다니.

"선희 네 말을 어떻게 믿지? 율무한테도 거짓말한 거잖아. 단태희가 시킨 거라고."

독고솜이 나지막한 목소리로 말했다.

"정말이야. 지금 한 말은 다 사실이야. 처음엔 진짜 영미를 도와주려는 마음밖에 없었어. 사실 영미 범인 잡는 거 도와줄 수 있는 사람도 우리 엄마란 말이야. 영미가 당하는 거 우리 엄마가 다 목격했거든. 애가 쓰러져 있다고, 전화로 신고해서 경찰 부른 사람도 우리 엄마야. 범인한테 해코지당할까 봐 무서워서 더 나서지 못했는데 이사 가기 전엔 경찰서에 가서 다 증언할 거라고 했어. 나한테 그렇게 약속했단 말이야. 그러니까 진짜 나도 우리 엄마도 영미를 도와주려고 했어. 근데, 그때 지민이가……."

박선희는 잠시 망설이다가 말을 이었다.

"김지민이 돈을 훔치는 걸 봤어. 쉬는 시간에 자리가 빈 틈을 타서 가방에서 돈을 꺼내더라고. 다 봤다고 했더니 지민이가 잘못했다면서 돌려놓으려고 하는 걸 내가 막았어. 이왕 훔친 거, 더 좋은 생각이 떠올랐거든."

박선희는 고개를 돌려 나를 똑바로 쳐다보며 말을 이었다. 나는 김지민이라는 복병에 얼떨떨한 와중에도 박선희의 태연자약한 태도가 얄미워서 인상을 쓰고 박선희를 노려보았다. 하지만 박선희는 그런 내가 안중에도 없다는 듯이 다시 독고솜을 향해 말했다.

“이보다 더 좋은 기회가 없을 거 같다는 생각이 들었어. 전학 가기 전에 통쾌하게 복수도 하고, 영미도 돕고, 결과적으로는 독고솜 너도……. 내가 떠나면 어차피 단태희는 또 나 같은 애를 부려서 널 괴롭힐 테니까, 아예 끌어내리는 게 상책이지. 안 그래?”

“그건 진짜 말도 안 되는 소리다, 박선희.”

알 수 없는 표정만 짓고 서 있는 독고솜 대신 서율무가 나서서 말했다.

“그게 정말 솜이를 돕는 짓이라고 생각한다니 말이야. 너답긴 하지만.”

“내가 뭐?”

“한 발 더 다가가서 살펴보면 좋았잖아. 아니면 직접 물어보든가. 영미한테도, 솜이한테도 그리고…….”

서율무는 슬쩍 나를 한번 쳐다보고 다시 이어 말했다.

“단태희 오빠한테도 말이야.”

“뭐?”

“catlovelove229라는 이메일로 저주를 부탁한 사람, 박선희 너 맞지?”

이메일이니 저주니 하는 게 다 뭔가 싶었지만 갑자기 튀어나온 단진이 얘기에 놀라 일단 귀를 기울였다.

“계속 마음에 걸렸거든. 여왕이 시켜서 그랬다는 말을 듣고는 더 찜찜해졌어. 단태희 이름을 걸고 앞장서서 심혈을 기울인 모금 활동인데 아무리 솜이가 미워도 단태희가 왜 그런 무리수를 뒀는지 잘 이해가 안 가서. 게다가 교과서 사건 이후로는 괴롭힌 적도 없었고."

서율무 말이 맞았다. 독고솜을 싫어하긴 했지만 어디까지나 내 자리를 넘볼까 봐 경고하려던 거지, 끝까지 괴롭히려는 생각은 없었다. 나는 쓸데없이 힘을 과시하는 걸 싫어하는 사람이다. 오히려 모금 활동을 성공적으로 마무리해서 내 자리를 더 공고하게 하는 데에 온 신경을 집중하고 있던 터였다.

"단태희가 그런 게 아니라면 단태희가 시켰다고 주장하는 박선희 네가 범인이라는 건데, 좀 이상하더라고. 도대체 뭐가 널 움직이게 만들었을까. 일이 잘못될 경우의 위험까지 감수하면서 말이야. 처음에는 솜이한테 악감정이 있나 했어. 그러다가 단태희랑도 어릴 적부터 한동네에서 살았으니 뭔가 묵은 감정이나 오래된 사연이 있을지도 모른다고 생각했지. 거기서 갑자기 번뜩하더라고. 자기소개글, 그게 결정적이었어."

서율무는 말을 멈추고 잠시 뜸을 들이다가 박선희의 눈을 들여다보며 물었다.

"혹시 그거 아니? 고양이가 쥐를 잡아다 주는 건 보은하기 위해서라는 거."

"뭐?"

"네가 잘못 생각했다는 말이야. 태희 오빠가 정확히 뭘 어떻게 했는지는 나도 모르지만 고양이들은 쥐 무덤으로 앙갚음을 한 게 아니라 고마움을 표현한 거였어."

나는 박선희의 벙찐 얼굴을 눈에 담아 두며 서율무에게 물었다.

"잠깐, 나한테 오빠 있는 건 어떻게 알았어?"

"네가 자기소개할 때 썼잖아. 엄마, 아빠 그리고 두 살 터울의 오빠가 있다고."

그걸 기억하고 있다니.

"그럼 저주는 뭐고……. 쥐 무덤이랑 박선희랑은 무슨 관련이 있다는 거야?"

"박선희가 너희 오빠를 오해한 거 같아."

서율무가 낮게 한숨을 내쉬며 물었다.

"단태희, 너희 오빠 고양이 알레르기 있지?"

없을 턱이 없었다. 이 세상 알레르기란 알레르기는 혼자 다 가지고 있는데 고양이 알레르기 정도는 기본이었다.

"알레르기 있는 건 어떻게 안 건데?"

"말했잖아. 고양이가 쥐를 갖다주는 건 보은이라고. 그럼 해코지한 게 아니라 고양이를 위해서 뭔가 했다는 말이지. 매일 하굣길에 길고양이 밥을 챙겨 줄 정도로 고양이를 좋아하는 사람인데 가까이 다가가지도 못하는 이유는 하나밖에 없고. 알레르기 말이야."

"……그러고 보니 그 쥐 무덤 생기기 전에 오빠가 병에 걸린 길고양이 한 마리를 병원에 데려다준 적이 있었어. 품에

안고 가는 바람에 며칠 고생하고 엄마한테도 혼났었지."

온몸에 발진이 생긴 채로 고양이를 구하지 못했다고 엉엉 울던 단진이의 모습이 떠올랐다.

"그 고양이는 어떻게 됐는지 아니?"

"워낙 상태가 안 좋아서……. 병원에서, 그날 밤을 못 버텼어."

"그럼 정말 우리 삼색이를 구해 주려고 그랬다는 거야?"

박선희가 당황한 얼굴로 물었다.

"우리 삼색이?"

나도 모르게 비웃음이 터져 나왔다. 박선희는 곧 망연자실한 표정이 되어 입을 열었다.

"난 지금까지 태희 너희 오빠가 정말 나쁜 사람이라고 생각했어. 우리 엄마한테 막 대하는 너희 엄마도 싫었고, 너희 엄마랑 똑같이 못돼 먹은 너도 싫었고."

말을 멈춘 박선희는 지그시 눈을 감았다 뜨고는 다시 중얼거리듯 말했다.

"그래도 어쩌겠어? 같은 학교 다니는 동안은 참아야지. 뭐, 태희 너랑 친해 보이니까 애들이 내 말에 귀 기울여 주는데, 그것도 나쁘지 않더라. 그동안 내가 당한 건 싹 다 끌어모아서 전학 가기 직전에 저주 의뢰를 해 볼까 했는데 마침 김지민이 그러는 걸 봤고……."

그동안 박선희를 잘 알고 있다고 생각했었는데 이제 보니 내가 박선희에 대해 아는 건 아무것도 없는 것 같았다. 그저 내 말을 잘 따르는지 아닌지만 중요했을 뿐 박선희가 어떤 생각을 하는지 어떤 감정을 품고 있는지 궁금해한 적이 한 번도 없었다.

"이메일은 어떻게 알고 의뢰했던 거야?"

독고솜이 물었다.

"엄마가 말해 줬거든. 왜 이렇게 어깨가 처졌냐고 하면서 너희 엄마가 명함을 건네줬대. 엄마는 역시 미친 여자가 맞는 거 같다고 했지만, 난……."

박선희가 독고솜 눈치를 보면서 말을 잇지 못했다. 독고솜은 양미간을 찌푸린 채로 입을 꾹 다물고 있었다. 박선희는 잔뜩 시무룩해져서 서율무에게 물었다.

"서율무 넌, 이메일 보낸 사람이 나라는 건 어떻게 안 거야? 독고솜 기억 못 하는 척도 열심히 했는데."

"바보야. 이메일에 생일이 떡하니 들어 있는데 어떻게 눈치 못 채냐? 2월 29일. 네 생일이잖아. 자기소개 붙일 때 네가 소개글에 구구절절 설명했잖아. 사 년에 한 번만 생일을 챙길 수 있어서 억울하다고. 그래서 앞으로는 2월 28일에 생일 파티를 할 거라고. 게다가 자기소개인지 고양이 소개인지 알 수 없을 정도로 고양이 얘기를 잔뜩 써 놨잖아. 그것도 네가 키우는 고양이도 아니고 동네 길고양이들 얘기만. 초등학생 때 너만 유일하게 단태희네 집을 들락날락하는 친구였다고 자랑도 엄청 하고. 그러니 그 집에 고양이가 있는지 없는지 직접 확인할 수도 있었겠지. 솔직히 이메일 주소만 봤을 때는 몰랐지만 네가 단태희한테 앙심이 있을 거라고 생각하고 보니 다 맞아떨어지더라고. 단태희랑 한동네에 살면서 고양이를 좋아하고 생일이 2월 29일인 데다가 차마 앞에 나서서 말하지 못하고 뒤에서 저주를 부탁했을 만한 사람이 얼마나 있겠어?"

정말 서율무가 다시 보였다. 내가 내 수족처럼 부리던 박선희가 무슨 생각을 하는지도 낌새채지 못하고 사는 동안 서율무는 자기랑 친하지도 않은 애들의 자기소개글이 붙을 때마다 하나하나 꼼꼼히 읽어 보고 기억해 둔 것이다. 그때였다.

"아, 이제 따분하네."

독고솜이 별안간 하품을 하며 입을 열었다.

"아까 싸울 때가 재미있었는데."

우리는 모두 할 말을 잃고 멀뚱멀뚱 독고솜을 쳐다보았다.

"이제 그만할래. 아 참, 박선희 넌 엄마한테 얼른 경찰서 가서 본 대로 얘기하시라고 해. 못 하겠다고 그러면 내 얘기하고."

독고솜은 박선희를 향해 으름장을 놓고는 다시 지루한 표정을 지어 보이며 옆에 있는 서율무의 어깨에 머리를 기대고 응석을 부리듯 말했다.

"명탐정, 우린 이제 우리끼리 놀자. 응?"

서율무는 독고솜 말이라면 뭐든지 다 받아 줄 것 같은 얼굴로 고개를 끄덕였다. 그리고 어쩔 수 없다는 듯이 박선희와 나를 향해 어깨를 으쓱해 보였다.

"그럼, 학교에서 보자. 가는 길에 또 싸우지 말고."

순간 창문을 닫으려는 서율무를 잠깐 막아선 독고솜이 창틀에 얼굴을 가까이 하고 양 볼 가득 바람을 넣었다. 곧 동그랗게 오므린 입술 사이에서 후 하고 입바람이 나왔다. 차가운 공기를 타고 퍼지는 먼지가 초겨울 햇빛에 비쳐 왠지 기분 나쁘게 반짝거렸다.

"잘 가."

독고솜이 의미심장한 미소를 지으며 창문을 닫았다. 단박에 우울한 기분이 들 정도로 섬뜩한 미소였다.

"진이 왔니?"

집에 들어서는데 단진이를 반기는 엄마 목소리가 들렸다. 그러고 보니 엄마가 아침에 독감 예방주사 맞으러 가야 한다고 일찍 들어오라고 당부했었는데. 물론 나 말고 단진이한테 한 소리였다. 나는 한 번도 독감 때문에 고생한 적이 없었다. 독감은커녕 감기도 잘 걸리지 않는다.

아무 대꾸 없이 신발을 벗고 거실로 들어섰다. 외출할 준비와 부엌 정리를 동시에 하느라 엄마는 몹시 분주해 보였다. 우두커니 서서 엄마의 뒷모습을 바라보았다. 엄마는 헤어롤을 바짝 당겨 말고서 싱크대 건조대에 쌓아 놓은 그릇들을 능숙한 손놀림으로 제자리에 배치하고 있었다. 퍽 익숙한 모습이었다. 그리고 늘 그렇듯이 엄마의 어깨는 머리카락에서 흘러내린 물에 젖어 축축했다. 급한 마음에 머리카락 뿌리 부분만 재빨리 말렸을 터였다.

엄마는 언제나 그렇게 바빴다. 집안일에 관심 없는 아빠 때문에 바쁘고, 손이 많이 가는 단진이 때문에 바빴다. 인정하기 싫지만 매사 날을 세우는 나 때문에도 바빴겠지. 나는 엄마의 그런 모습이 싫었다. 단진이를 왕으로 만들기 위해 노심초사하고, 나는 당연히 엄마처럼 여왕의 길을 걸을 거라 믿는 게 싫었다. 엄마가 내게 거는 기대, 그러니까 엄마만큼은 가뿐히 해내리라 믿는 게 싫었다. 그렇게 하고 싶은 것과 그런 기대를 싫어하는 건 전혀 다른 문제다.

분명 엄마처럼 되고 싶지 않았는데. 내가 왕이 되면 엄마와는 다를 거라고 생각했는데.

"엄마."

무거운 심정으로 엄마를 불렀다. 집으로 오는 길부터 느낌이 이상했다. 속 시원하게 주먹을 휘두른 줄 알았는데 전혀 그렇지 않았다. 외려 찝찝하고 부끄러웠다. 맞은 자리도 아프지만 때린 순간을 떠올리는 것도 괴로웠다. 내가 왜 이러지? 끝없이 밑바닥으로 추락하는 기분. 먹먹하고 우울한 마음. 모든 의욕과 흥미가 일순간에 사라진 상태. 독고솜이 인사를 하며 먼지를 후 불던 순간 느꼈던 불쾌감이 갈수록 증폭되는 것만 같았다.

독고솜이 무슨 짓을 한 게 분명했다. 나한테 저주를 건 걸까. 아무래도 그 먼지가 수상했다. 괴이하게 반짝거리던 먼지 알갱이들.

"태희야, 너 왜……."

나를 본 엄마 눈이 똥그래졌다. 대충 수습은 했지만 머리며 옷차림이며 여전히 어디서 구르다 온 모습처럼 보일 테니 놀랄 만도 했다.

"엄마."

딱히 할 말이 있어서 자꾸 엄마를 부른 건 아니었다. 엄마에게만이 아니고, 세상 그 누구에게도 하고 싶은 말이 없었다. 마치 마법에 걸린 것처럼 순식간에, 내 마음이 안으로 침잠했다. 그저 입을 꾹 다문 채 누구와도 어울리고 싶지 않은 기분이었다. 그런데도 나는 자꾸 입을 벌려 엄마를 찾고 있었다. 듣고 싶은 말도, 하고 싶은 말도 없는데.

"엄마."

"이게 무슨 일이야. 무슨 일 있었어?"

엄마는 당황해서 이런저런 질문을 쏟아 냈지만 그중에서 내가 대답하고 싶은 질문은 하나도 없었다. 어느 순간부터는 엄마 말이 귀에 들어오지도 않았다.

"엄마."

별안간 배꼽에서부터 눈물이 솟구쳐 올랐다. 울음이 터져서 더는 엄마를 부르지도 못했다. 엉엉 우는 소리만이 유일하게 입 밖으로 낼 수 있는 소리였다. 나는 엄마 앞에서 꺽꺽 울었다. 숨이 넘어갈 듯이 울다가 흐늑흐늑 눈물을 쏟다가 다시 끄이끄이 목 놓아 울어 젖혔다. 떼쓰는 것처럼 울기도 하고 서러운 듯이 울기도 했다. 무서워서도 울었다. 세상에 웃을 이유는 하나도 없고 울 이유만 있는 것처럼 울었다.

나는 한동안 그 눈물이 내게서 떠나지 않을 것을 알았다. 한 번 울고 훌훌 털어 버릴 수 없을 것을 직감했다. 눈물에 붙들려 보낼 시간이 내 앞에 쌓여 있었다. 그래서 더 큰 소리로 울었다.

엄마가 내 몸 여기저기를 살피며 뭐라 뭐라 했지만 내 울음소리만이 머릿속에서 광광 울려서 알아들을 수가 없었다. 눈물로 부예진 시야에 걱정스러워하는 엄마의 얼굴이 알른거렸다. 엄마는 아무것도 몰랐다. 그 후로도 엄마는 몰랐을 것이다. 내가 그때 토해 낸 눈물의 의미를.

그날, 나는 엄마가 가르쳐 준 세상의 이치를 폭풍 같은 눈물로 몽땅 게워 냈다. 그리고 다시는 그 전으로 돌아가지 않았다.

"그거 알아?

처음에 네가 솜이야, 하고 불러 줬을 때

얼마나 좋았는지."

탐정 서율무

백 퍼센트 같은 마음

고양이는 보은한다. 이건 내가 '수수께끼 꼽등이 사건'에서 알게 된 사실이다. 새벽녘 잠복 끝에 입에 꼽등이를 문, 몸통이 긴 검은 고양이와 마주하고는 얼마나 놀랐던지! 녀석은 눈도 깜짝 안 하고 도도하게 꼽등이를 내려놓고는 날개 달린 뱀처럼 스르륵 교실을 빠져나갔다. 솔직히 처음에는 영미가 고양이한테 원수진 일이 있는 줄 알았다. 그런데 며칠 더 살펴보니 사정은 완전히 달랐다.

영미는 매일같이 학교 근처에 사는 검은 고양이의 식구들을 챙겨 주고 있었다. 눈곱도 떼지 못한 아기 고양이들은 영미가 만들어 준 포근한 요람 속에서 단잠을 잤다. 그러니까 검은 고양이는 새끼를 돌봐 준 영미에게 은혜를 갚고 싶었던 것이다. 통통하고 실한 꼽등이를 갖다 바쳐서.

사실 그 전까지는 반 아이들을 의심했다. 누군가 영미를 괴롭히고 있다고. 아니라서 다행이긴 한데 그 뒤로도 검은 고양이는 계속 영미에게 꼽등이를 잡아 바쳤으니 이걸 마냥 다행이라고 할 수도 없고…….

그래도 영미는 편지에 이렇게 썼다.

고마워. 난 그동안 날 미워하는 애들이 한 짓이라고 생각했어. 그런데 사실은 고양이한테 사랑받고 있는 거였네. 누군지는 모르겠지만 알려 줘서 고마워. 정말 고마워, 명탐정.

—영미

그때부터였다. 나는 그날부터 탐정 수첩을 만들고 수첩 안에 영미의 편지를 끼워 놓고 다녔다. 영미는 나를 명탐정이라고 불러 준 내 첫 사건의 주인공이었다.

"미안해. 정말로."

얼마 후, 솜이가 모처럼 대청소를 마친 날, 영미의 손에 이끌려 솜이네 집으로 찾아온 김지민이 고개를 푹 숙인 채 입을 열었다.

"솜이 네 사물함에서 돈이 발견되기 전까지는 박선희가 무슨 일을 꾸미는지 전혀 몰랐어. 그때라도 나섰어야 했는데……."

김지민의 목소리가 떨렸다. 영미는 그저 옆에서 가만히, 수치심에 얼굴을 붉히며 말을 잇지 못하는 김지민을 다독여 주었다. 슬쩍 솜이의 표정을 살펴보았지만 어떤 생각을 하고 있는 건지 전혀 알 길이 없었다.

나는 김지민이 무슨 말을 할지 몹시 궁금했다. 박선희의 입에서 김지민에 대한 이야기가 흘러나왔을 때 놀라지 않은 사람이 있었을까. 그야말로 허를 찔린 기분이 들었다. 정황상 그런 짓을 할 이유가 없어 보였기 때문에 나는 김지민에 대해 알려고 노력하지도 않았을뿐더러 애초에 용의자 목록에 올려놓을 생각조차 하지 않았다.

"너무 겁나서, 무서워서……. 내가 입을 열면 박선희도 가만히 있지 않을 테니까. 그리고 박선희가 그랬거든. 자기도 나쁜 짓 하려는 거 아니고 독고솜도 결국엔 다 잘될 거라고……."

눈을 질끈 감은 김지민은 자기가 생각해도 구구절절 핑계 같다고 생각한 듯이 고개를 저으며 다시 말했다.

"아니다. 이런 말 다 변명일 뿐이야. 미안해. 정말 미안해. 영미한테도 사실대로 다 말하고 솜이 넌 아무 잘못도 없다고 했어. 다 내 잘못이라고."

김지민의 입에서 영미 이름이 나오자 우리는 일제히 영미를 쳐다보았다. 김지민에게서 시선을 떼지 않는 영미의 얼굴은 퍽 담담해 보였다. 아마 김지민도 그런 영미의 반응 때문에 우리 앞에서 진상을 털어놓을 용기를 낸 것 같았다.

"박선희가 그런 일 벌인 것도 결국은 나 때문이나 다름없어. 다 내가 시작한 거니까."

김지민은 영미의 온화한 표정을 보고 더 부끄러워진 듯이 고개를 떨구며 말했다.

"근데 지민아, 그 돈은 왜 그런 거야? 영미를 위해 모은 거였는데."

나는 더 참지 못하고 가장 궁금했던 걸 물었다.

"모금 얘기가 나올 때부터 계속 찜찜했어. 영미 성격 알면서도 그래도 도움이 되고 싶어서 시작하긴 했는데……. 사실 나, 영미 할머니께 여쭤보지도 않았어. 다들 할머니가 당연히 도움을 원할 거라고 생각했지만, 그럴 리가 없었거든. 고맙지만 괜찮다고 하실 게 뻔했어. 영미가 영미 할머니 성격 그대로 물려받은 거니까. 단태희한테는 할머니도 좋아하시는 거 같다고 얼버무렸는데, 지금 생각해도 무슨 정신으로 그랬는지 모르겠어. 영미 생각을 한답시고 내 생각을 먼저 했던 거 같아. 나도 뭔가 하고 싶다고, 내가 영미랑 가장 친한 친구인데 영미를 위한 일에 앞장서지 않을 수 없다고. 평소 영미한테 말도 안 걸던 애들이 갑자기 나서서 영미를 위해 뭔가 한다고 하니까 배알이 꼴렸나 봐. 그래서, 그러면 안 됐는데, 경쟁하듯이 분위기에 휩쓸렸어. 그런데 어느 순간부터 이건 아니라는 느낌이 강하게 들더라. 내가 그 패거리들이랑 도대체 무슨 짓을 하고 있는 건지……. 박선희가 애들 앞에서 영미 얘기 떠벌리는 것도 참기 힘들었는데 단태희가 사진이니 영상이니 찍는다고 설칠 땐 정말 눈앞이 깜깜해졌어. 영미가 다 알고 겪고 나면 나랑 다신 말도 안 할까 봐……. 그냥 처음부터 모금에 반대하든가 아예 발을 담그지 말았어야 했는데 그러기엔 이미 늦어 버렸고. 그래서 바보같이 앞뒤 생각 안 하고 돈에 손을 댔어. 일단 없었던 일로 하고 돈은 나중에, 영미 일을 다들 잊었을 즈음에 어디서 발견되거나 하면……."

나도 모르게 한숨이 나왔다. 어깨를 축 늘어뜨리고 서 있는 김지민에게 가장 먼저 손을 내민 사람은 영미였다. 영미는 말없이 김지민의 손을 꼭 잡아 주었다. 그 모습을 보면서 생각했다. 아마 그때 영미가 모든 정황을 다 알게 됐더라도 김지민이 걱정하는 일은 일어나지 않았을 거라고. 결국에는 다시 김지민의 손을 꽉 잡아 주었을 거라고.

"됐어. 영미가 나 오해 안 하면 뭐, 그걸로 됐어."

영미를 거들듯 솜이가 시원스럽게 말을 던졌다. 하지만 그게 다는 아니었다.

"대신 이제부터 영미는 우리랑 많이 놀 거야. 아주 많이. 뺏겼다고 생각하면 안 돼. 아주아주 많이 놀 거니까."

솜이는 알 수 없는 표정으로 김지민을 바라보며 또랑또랑한 목소리로 말했다. 천연덕스럽게 선언하듯 말하는 솜이에게 김지민은 아무 대꾸도 하지 못했다. 영미가 쑥스러운 듯이 얼굴을 붉히며 나와 솜이를 번갈아 쳐다보았다. 그리고 살짝 미소를 머금었다. 나는 그 미소가 새로운 친구들을 향한 인사 같은 것이라 생각했다.

"김지민처럼 친구 생각을 많이 한다고 해서 꼭 옳은 결정을 내리는 건 아닌가 봐. 그치?"

김지민과 영미가 가고 나서 한참 동안 팔다리를 대자로 하고 소파에 누워 있던 솜이가 말문을 열었다.

"사실 난 김지민 얘기를 들어 줄 생각도 없었는데."

"근데?"

"영미가 메일을 보내왔거든. 지민이가 사과하고 싶어 하는데 얘기만이라도 들어 줄 수 있냐고. 그래서 우리랑 많이 놀아 주면 그러겠다고 했지."

솜이는 여전히 팔다리를 늘어뜨린 채로 씩 웃으며 말했다.

"영미도 우리랑 놀면 엄청 재미있을걸? 나는 영미가 좋아하는 고양이도 많이 불러 모을 수 있고, 명탐정 너는 영미 일이라면 늘 신경 쓰잖아. 5학년 때처럼 말이야."

"뭐? 어떻게 알았어?"

"거기 편지 껴 있잖아. 영미가 쓴 편지."

솜이가 탐정 수첩을 가리키며 웃자 차르르 책장이 넘어가더니 편지지가 동실 떠올랐다. 나는 가볍게 한숨을 내쉬며 편지지를 잡아 내렸다.

"명탐정은 무슨. 이번에도 다 꽝이었는데."

"무슨 소리야. 넌 꼽등이 사건이랑 쥐 무덤 사건을 해결한 명탐정인데!"

눈을 동그랗게 뜨고 천진하게 반응하는 솜이를 보니 어쩐지 조금 부끄러워졌다. 나는 얼른 말을 돌렸다.

"뭐, 그거야……. 근데 지민이도 꼭 나쁜 맘으로 그런 건 아니잖아."

사실 나도 속으로는 영미가 앞으로 우리와 더 친하게 지내기를 바랐다. 그렇지만 김지민이 영미와 멀어지기를 바라는 건 아니었다. 영미가 김지민을 얼마나 좋아하는지 아니까. 영미의 자기소개글은 김지민에게 바치는 러브레터 같았다. 그리고 김지민 역시 영미의 응원을 받을 때 가장 솔직해지는 아이처럼 보였다. 그때 솜이가 짓궂은 표정으로 물었다.

"그럼 박선희랑 단태희는?"

당연히 나쁘지, 하고 대답하려다가 순간 멈칫했다. 박선희와 단태희 둘 다 나쁘다고 친다면 김지민만 나쁘지 않다고 옹호해 줄 만한 근거가 없어지니까. 자기 자리를 지키기 위해 솜이를 괴롭힌 단태희, 단태희에게 복수하기 위해 솜이에게 누명을 씌운 박선희, 영미를 위한다는 명목으로 돈을 훔친 김지민……. 되짚어 볼수록 점점 더 머릿속이 복잡해졌다.

요즘 박선희와 단태희는 눈에 띄게 조용해졌고, 어깨를 축 늘어뜨린 채로 교무실을 자주 들락거렸고, 가끔은 아주아주 침울해 보였다. 더는 서로 으르렁거리지도 않았다. 무슨 수를 쓴 거 아니냐고 솜이에게 물었는데 그저 혼자 생각할 시간을 주었을 뿐이라는 대답을 들었다. 먼지를 그리 많이 날린 건 아니라서 열심히 자신을 되돌아보다 보면 오래가지 않아 괜찮아질 테지만, 제대로 반성하지 않으면 시간이 지날수록 먼지가 살과 내장을 파고들어 영원히 몸속에 박혀 버릴 거라고도 했다.

"사실 박선희랑 단태희, 내가 부른 거야."

솜이는 놀란 내 얼굴을 못 본 척하며 말을 이었다.

"삼촌이 묻더라고. 어떻게 하면 다시 학교에 나가겠냐고. 그래서 그랬지. 직접 찾아와서 사과하면 용서해 주겠다고. 나도 상처를 받는다고. 사과받을 건 받아야지. 근데 그날 충분히 사과받은 느낌은 안 들더라고. 그래서 먼지 좀 살짝 날렸지. 아무튼 둘이 찾아오는 날 명탐정 네가 같이 있어 주었으면 했는데, 마침 잘됐지! 엄청 든든했어!"

어쩐지 부쩍 자주 집으로 부르고, 청소하기 귀찮다면서 차도 잔뜩 마시게 하고, 그날따라 깨우자마자 발딱 일어나더라니. 다 기다리는 사람이 있고 날려야 할 먼지가 있어서 그랬구나! 문득 공중에 매달린 단태희와 박선희를 보며 웃다가도 내 몸이 떠오르려고 할 때마다 내 팔을 잡아당기며 은근히 눈짓하던 솜이의 모습이 떠올랐다. 솜이는 진짜로 단태희와 박선희를 용서해 줄 생각이 있었던 걸까. 아니면 그냥 벌을 주고 싶었던 걸까. 아마 아무리 추리해 봐도 알 수 없을 것이다. 마녀의 마음은 정말이지 종잡을 수가 없으니까.

"생각 같아서는 십 년 묵은 먼지 덩이를 날리고 싶었는데."

솜이가 입을 삐죽 내밀었다.

"근데 엄청 나쁜 사람이 있어서 거기에 날려야 해."

"엄청 나쁜 사람? 누구?"

벌떡 몸을 일으켜 앉은 솜이가 낮은 목소리로 말했다.

"영미 아빠."

할머니와 단둘이 산다고 해서, 나는 영미가 부모님이 안 계신 줄로만 알고 있었다.

"김지민 얘기 들어 달라고 하는 메일에서, 영미가 다 말해 줬어. 모르는 사람의 범행이 아니었다고. 영미네 아빠가 술 먹고 그런 거지. 예전부터 술만 취하면 다 집어 던지고, 엉망진창 난리였대. 영미 할머니가 영미를 데려와서 같이 살기 시작하면서 아빠는 얼씬도 못 하게 해서 한참을 소식도 모르고 살았고. 김지민한테도 차마 다 말하지 못해서 김지민도 사정을 잘 아는 건 아니래. 그래도 영미가 많이 의지했나 봐. 많이 안정되고, 잊을 수 있다는 희망도 가지고 그랬대. 근데 그날 영미 아빠가 몰래 길목에서 영미를 기다리고 있었던 거야. 영미가 상대 안 하고 가려고 하니까 그렇게……."

솜이가 말끝을 흐리는데, 내 가슴속엔 불덩이가 활활 타오르는 듯했다. 마음이 아픈 만큼 화가 치밀었다. 으슥한 골목에 숨어 있다가 딸을 폭행한 아버지라니…….

"소리 내서 말하고 나면 모든 충격이 생생하게 되살아날 거 같다고, 그래서 메일로 쓴다고 했어. 아마 말하기까지는 시간이 좀 걸릴 거 같아."

영미가 다시 학교에 돌아올 날은 언제가 될지 몰랐다. 하지만 시간이 얼마가 걸리든 영미 옆에 있어 주겠다고 다짐했다. 그런 나를 바라보던 솜이가 덧붙여 말했다.

"그리고 명탐정 너한테는 메일 보여 줘도 된다고 하면서, 추신에 이렇게 적혀 있었어. 쪽지 고마웠어, 명탐정."

읽었구나. 처음 영미가 마음을 열고 다가온 순간에 나도 조금이나마 힘을 보탰다고 생각하니 뿌듯해졌다. 그런데 가만, 명탐정? 영미가 나를 명탐정이라고 불렀다!

"영미도 눈치챈 거 같지? 꼽등이 사건, 누가 해결했는지."

솜이가 눈을 반짝이며 말했다.

"어떻게 알았지?"

"탐정이 이렇게 정체를 쉽게 들켜서야!"

개구진 표정으로 웃는 솜이에게 아무 대꾸도 하지 못했지만 나는 내심 기분이 좋았다. 탐정은 자신을 알아봐 주는 의뢰인을 만났을 때 이렇게 흐뭇하구나.

"그런데 정말, 꼽등이 얘기는 꺼내지도 않았는데 어떻게 안 걸까?"

"쪽지로 전한 마음에서 뭔가 느낀 게 아닐까?"

"그런가?"

"응! 그리고 그 마음 나도 알아. 나도 명탐정 너랑 백 퍼센트 같은 마음이니까!"

"응?"

"빨리 영미가 학교에 돌아왔으면 좋겠거든. 학교에서 다 같이 만나서 놀면 재밌겠다."

"솜이 너, 이제 학교 나올 거야?"

솜이가 고개를 끄덕이며 말했다.

"응. 낮에 혼자 있으니까 너무 심심하더라고. 맨날 너 올 때만 목 빠지게 기다리고."

기뻐하는 내 얼굴을 보던 솜이가 갑자기 까만 눈동자를 빛내며 소곤거렸다.

"그거 알아? 처음에 네가 솜이야, 하고 불러 줬을 때 얼마나 좋았는지. 엄마랑 삼촌은 그렇게 다정하게 불러 주는데, 애들 중에선 그렇게 불러 주는 사람이 없었어."

아, 그때 솜이야, 하고 불러서 얼마나 다행인지.

솜이의 자기소개글을 읽고 또 읽었던 내 자신을 칭찬해 주고 싶었다. 정말로, 사람들은 생각보다 이메일 주소에 자기 정보를 많이 담는다. somi.som2.5omi@gmail.com이라니. 솜이라는 이름을 세 번이나 변형해서 넣을 정도면 이름에 애착이 없다고 볼 수가 없었다.

그때, 현관문이 열리는 소리가 들렸다. 내 뒤로 옮겨 가는 솜이의 시선을 따라 몸을 돌리니 잔뜩 장을 본 듯 양손 가득 짐을 든 솜이의 삼촌이 들어서는 모습이 보였다.

"뭐야, 삼촌. 늦었잖아."

솜이가 툴툴대며 벌러덩 다시 소파에 누웠다.

"미안. 회사에 갑자기 일이 생겨서. 영미는 벌써 다녀간 거야?"

"네. 좀 전에 갔어요."

자리에서 일어나 인사를 하며 내가 솜이 대신 대답을 건넸다.

"맛있는 거 많이 사 왔는데……."

삼촌이 솜이 눈치를 살피며 말했다.

"호박고구마랑 밤고구마랑 다 사 왔지."

"정말?"

사람 몸이 그렇게 용수철처럼 튀어 오를 수 있다니, 솜이는 정수리가 천장에 닿을 듯이 소파 위에서 겅중겅중 뛰며 소리쳤다. 좀 전까지 지각한 삼촌을 타박하며 찜부럭을 부리던 애가 맞나 싶을 정도로 해맑은 얼굴이었다.

“호박고구마! 밤고구마!”

“한번 또 불러서 같이 먹어.”

“응. 또 부를 거야. 이제 엄청 자주 놀러 오기로 했어. 어쩌면 맨날 올지도 몰라.”

신나게 재잘거리며 솜이는 삼촌 뒤를 졸졸 쫓아 부엌으로 향했다.

“근데 삼촌, 자기 자식을 때리고 괴롭히는 사람이 있다면 어떤 저주를 내려야 할까?”

냉장고 문을 열고 안을 살펴보던 삼촌의 어깨가 흠칫 떨리는 게 보였다. 문득 고모가 들려주었던 비밀스럽고 특별한 친구 이야기가 떠올랐다. 삼촌이 뭐라고 대답할지 궁금해진 나는 슬쩍 그 옆으로 가서 봉투 안의 물건들을 꺼내는 걸 거들었다.

“저주 상담이라면 내 전문이 아닌데.”

“알아. 근데 지금은 엄마가 없으니까 물어볼 사람이 없잖아.”

삼촌은 냉장고 문을 닫고 식탁 가까이 다가와 의자를 당겨 앉았다. 그리고 진지한 표정으로 물었다.

“그거 혹시 영미 이야기니?”

솜이가 고개를 끄덕였다. 삼촌은 솜이와 나를 번갈아 쳐다보고는 나지막이 말을 이었다.

“예전에 딱 한 번, 저주에 관여한 적이 있긴 했어.”

"진짜? 그러면 안 되잖아."

"그땐 나도 어렸고, 어떻게 해서라도 그 애를 돕고 싶다는 마음밖에 없었거든. 그래서 누나한테 떼쓰고 매달렸지. 울고불고 난리 치고, 밥도 안 먹고, 집을 나가 버릴 거라고 협박도 하고."

삼촌의 얼굴에 아련한 미소가 배어났다.

"누나는 의뢰를 받은 것도 아닌데 함부로 나서면 안 된다고 했지만 결국은 내 고집에 지고 말았지. 져 준 걸지도 모르지만."

"그래서 어떻게 했는데?"

"그 애도 비슷한 경우였어. 아주 나쁜 부모 때문에 고통받았거든. 누나는 죄 지은 만큼 벌을 받게 하되 그건 세상에 맡기고, 덤으로 그 사람들이 가장 원하지 않을 미래를 만들어 주겠다고 했어. 그들이 단 한 번도 바라지 않았을 시간을 선사하겠다고."

"그게 뭔데?"

"글쎄, 뭘까?"

삼촌의 반문에 솜이는 고개를 갸우뚱하며 나를 쳐다보았다. 삼촌은 나지막이 말을 이었다.

"그런 나쁜 사람들의 머릿속엔 오로지 자기 자신밖에 없지. 그럼……."

"다른 사람의 행복이요. 아마 꿈에도 생각해 보지 않았을 거예요."

나는 삼촌보다 더 낮은 목소리로 말했다.

"그래. 누나도 그렇게 말했지."

"삼촌 친구를 행복하게 만들어 준다는 거였구나! 엄마가!"

솜이가 달뜬 듯이 외치자 삼촌은 대답 없이 가만히 고개를 끄덕여 보였다.

"그럼 엄마가 저주 내린 후로 다 잘됐어?"

"잘 모르겠어. 그 애 부모가 체포된 후로 연락이 끊겼거든. 누나는 걱정하지 말라고 했지만 어떻게 살고 있는지 항상 궁금해. 내가 끼어든 게 잘한 일이었을까 싶기도 하고."

"누가 건 저주인데, 다 잘됐을 거야. 근데 난 그걸로는 부족해."

솜이가 눈을 번뜩이며 말했다.

"영미가 행복하게 사는 것만으론 부족해. 난 더 심한 저주를 내려야겠어."

"마녀는 상황에 맞는 저주를 내려야 하는 거 알지?"

삼촌이 걱정스러운 듯이 이맛살을 찌푸리며 물었지만 솜이는 그런 건 신경도 안 쓴다는 듯이 가볍게 코웃음을 치며 돌아서 거실로 향했다. 나는 고개를 절레절레 흔드는 삼촌을 뒤로하고 솜이를 따라 나갔다. 겨울 햇살이 은은하게 쏟아져 들어오는 창가에 선 솜이가 손가락으로 깨끗한 창틀을 괜히 슥 문지르며 말했다.

"난 엄마와 달라. 내 식대로 저주를 내릴 거야."

솜이의 말투는 단호했다.

"영미 아빠는 이유도 모르는 채 한없이 깊은 슬픔에 잠기게 될 거야. 다른 사람들을 해코지할 힘도 없을 정도로 슬퍼하다가 어느 순간 영미와 영미 할머니에 대한 기억도 모조리 잃게 될 거야. 죽을 때까지 가족을 기억하지 못하고 텅 빈 기억 때문에 괴로워할 거야. 아무것도 기억하지 못하지만 알 수 없는 죄책감에 시달리면서, 평생……."

검은 눈동자에 그보다 더 검은 빛이 서렸다.

"영미는 자기 아빠한테서 영원히 해방되는 거야. 영원히."

내가 지금 마녀가 저주 거는 현장을 보고 있는 건가 싶을 때 부엌 저편에서 삼촌의 목소리가 들렸다.

"그러다가 엄마한테 혼나도 난 모른다."

"삼촌은 이게 넘치는 저주라고 생각해?"

한창 분위기를 잡으려는데 삼촌이 산통을 깼다는 듯이, 솜이가 뾰로통한 표정으로 부엌 쪽을 향해 소리 높여 물었다.

"저주에 관여하는 건 그때 한 번으로 족해. 우리 집 마녀들 일엔 별로 끼어들고 싶지 않아서."

물건 정리하랴, 솜이 이야기에 신경 쓰랴 바쁜 삼촌이 심드렁하게 말을 던졌다.

"흥. 난 이걸로도 성에 안 차는데."

"근데 마녀들은 영혼으로 나타나서 혼내기도 하고 그러는 거야?"

"응?"

내 질문이 이상했는지 솜이의 눈썹이 갈매기 모양으로 휘어졌다.

“아니, 삼촌 말이, 엄마한테 혼날지도 모른다고…….”

“응! 엄마가 잠에서 깨면 분명 잔소리하겠지.”

“잠? 주무신다고?”

나는 눈이 휘둥그레져서 물었다.

“응. 잠들었다고 했잖아.”

솜이가 천연덕스럽게 말했다.

“우리 엄마 이제 일어날 때가 되긴 했는데. 올해 들어 몸이 예전 같지 않다고 자꾸 그러더니 드디어 때가 됐다면서 반년은 자야겠다나? 그러면서 이 층 방에 자리 잡고 누웠거든.”

“그때 그 방이구나!”

솜이네 집에 처음 놀러 왔던 날, 솜이가 절대로 들어가면 안 된다면서 내게 겁을 줬던 이 층 방을 떠올렸다.

“절대로, 절대로 들어가면 안 되는 방이지. 실수로 깨우기라도 하면 엄마가 어마어마한 저주를 내릴지도 모르니까.”

솜이가 씩 웃으며 말했다.

“솜이 넌 매일 들어가면서.”

냉장고 정리를 마친 삼촌이 거실로 나오며 핀잔을 줬다.

“엄마 보고 싶으니까 그렇지. 그래도 엄청 조용히 있다가 나온다고.”

당연히 보고 싶겠지. 엄마가 육 개월이나 내리 자고 있으니 얼마나 외로웠을까. 나라면 진즉 엄마를 깨우고도 남았을 것이다. 혼자서 잠든 엄마의 곁을 지켜 낸 솜이가 정말 대단하다는 생각이 들었다.

"장 봐 오는 것도 이번이 마지막이겠다. 며칠 뒤면 누나도 일어날 테니."

그런 솜이가 안됐다는 생각이 들었는지 삼촌도 한층 다정한 목소리로 다독이듯 말했다. 솜이는 엄마가 곧 잠에서 깰 거라는 생각만 해도 기분이 좋은지 헤벌쭉 웃으며 소파에 몸을 던졌다.

"엄마 일어나면 칭찬받을 거 많다!"

방금 전 솜이의 의젓함에 감탄했던 나는 별안간 마주한 마냥 어린아이 같은 솜이의 천진함에 웃음이 터졌다. 항상 예측불허의 모습에 번번이 반하는 나와 달리 삼촌은 그 정도는 익숙하다는 듯이 태연히 옷매무새를 고치며 말했다.

"그럼 삼촌 간다. 고구마 쪄서 먹어."

솜이는 소파에 드러누운 자세로 한 팔만 휘휘 내저으며 인사를 대신했다. 삼촌은 내게 눈인사를 건네고 현관문을 열었다. 나는 다급히 삼촌의 소매를 잡고 세웠다.

"저, 삼촌."

"응?"

꼭 하고 싶은 말을 꺼내기 전에, 나는 침을 한번 꿀꺽 삼켰다.

"그 아이, 잘 지내고 있어요."

삼촌의 맑은 눈동자가 나를 향했다.

"요정이 도와준 덕에, 아주 행복하게 잘 살고 있어요. 저처럼 착한 조카도 있고요."

미리 생각해 두지도 않은 농담이 불쑥 튀어나와 버렸다. 멋쩍은 웃음이 뒤따라 붙었는데 웃는 사람은 나 하나뿐이었다. 아무래도 삼촌을 웃기는 데엔 실패한 것처럼 보였다. 삼촌은 한참을, 뜻 모를 표정으로 서 있었다. 나를 바라보는 것 같기도 하고 멀거니 다른 곳을 보는 것 같기도 했다. 그렇게 시간이 조용히 흐르는 동안 요정이 장난을 친 듯이, 정적 속에서 퐁퐁 따뜻한 기운이 샘솟았다.

"다행이다."

이윽고 삼촌이 웃으며 말했다.

삼촌의 미소에 환해진 사방으로 옅은 코코아 향이 흩어졌다. 달콤한 냄새에 집 안 공기가 달아올랐다. 나도 모르게 향기가 퍼지는 쪽으로 몸을 돌렸다.

나의 비밀스럽고 특별한 친구.

솜이의 얼굴에도 포근한 미소가 어렸다.

쿵쿵. 가슴이 뛰었다.

명탐정의 파트너는 참 예쁘게도 웃는다.

그렇게 나는 솜이에게 또 반해 버렸다.

이 소설은 '만약에 남들과 조금 다른 아이가 전학 온다면 어떨까' 하는 아주 단순한 구상에서 시작된 단편소설이었는데, 지금의 분량으로 완성될 수 있었던 건 남편과 함께 차를 타고 가다가 떠오른 아이디어 덕분이었다. 남편은 내가 즐겨 하는 '만약에 놀이'를 좋아하지 않으면서도 곧잘 재치 있는 대꾸를 해서 생각이 이어지게 만드는 사람이다. 그날따라 매너 없고 위험천만한 실력을 뽐내는 운전자들에게 시달렸던 우리는 '만약에 놀이'를 발전시켜 '적당한 저주 찾기 놀이'를 만들었다. 물론 끝내 딱 맞는 저주는 찾을 수 없었지만. 이 세상은 모두 어떻게든 연결되어 있어서 다른 사람들이나 세상사에 조금도 영향을 끼치지 않는 저주를 생각해 내기란 보통 어려운 일이 아니다. 마녀가 아니라서 다행이랄까.

아무튼 그런 과정을 거쳐 지금의 독고솜을 만나고 한동안은 그저 흥미롭기만 했다. 내가 가지지 못한 힘으로 내가 할 수 없는 일을 해 줄 사람이 곁에 있으니 무척 든든하기도 했다. 다만 저주가 주는 통쾌함에만 마냥 취해 있을 수 없다는 게 문제였다. 그때 내 마음을 끌어당긴 사람이 바로 서율무였다.

율무는 내 지난 시간을 끊임없이 복기하게 만드는 존재였다. 선을 긋는 행동, 먼저 손을 내밀지 못했던 소심함, 넘치거나 모자랐던 관심……. 후회와 변명 사이를 오락가락하면서 힘이 빠질 때도 있었다. 어디 현실에서 율무처럼 마음을 쓰고 나서기가 쉬운 일인가. 하지만 나는 점점 율무에게 설득당했고, 율무가 솜이에게 반했듯 나도 율무에게 반해 버렸다. 그리고 우리 주변엔 율무처럼 따뜻한 시선으로 세상사에 관심을 기울이는 탐정이 더 많이 필요하다고 믿기에 이르렀다.

첫 단행본을 내면서 마음을 전하고 싶은 분들이 많다. 사랑하는 남편과 부모님, 내 친구 정현숙, 나를 믿고 응원해 준 모두에게 참 고맙다. 현숙을 집사로 둔 몸통이 긴 검은 고양이 크리스에게도 이 소설의 일정 부분을 빚졌다. 넓은 아량으로 이 작품을 품어 주신 심사위원분들께도 다시 한번 깊은 감사의 인사를 드리고 싶다.

그리고 책이 나오기까지 애써 주신 문학동네 어린이책 편집부 여러분. 정말 고맙습니다. 감탄해 마지않을 열정과 노고에 많은 신세를 졌습니다. '편집자는 언제나 옳다.' 그간 가장 많이 떠올렸던 말입니다. 스티븐 킹이 말한 이 규칙, 정말 옳더라고요.

마지막으로 이 세상 곳곳에서 활약하고 있을 따뜻한 마음씨의 탐정들에게 감사와 존경의 마음을 전한다. 응원합니다, 우리 탐정들! 주변을 보듬는 그대들 모두 명탐정이에요. 저도 이곳에서 은밀히 활동할게요.

2020년 1월

햇내기 탐정 허진희

독고솜에게 반하면

1판 1쇄 2020년 1월 23일 | **1판 27쇄** 2024년 9월 30일
지은이 허진희 | **책임편집** 곽수빈 | **편집** 엄희정 원선화 이복희 | **디자인** 이지인
마케팅 정민호 서지화 한민아 이민경 안남영 왕지경 정경주 김수인 김혜원 김하연 김예진
브랜딩 함유지 함근아 박민재 김희숙 이송이 박다솔 조다현 정승민 배진성
저작권 박지영 형소진 최은진 오서영 | **제작** 강신은 김동욱 이순호 | **제작처** 한영문화사
펴낸곳 (주)문학동네 | **펴낸이** 김소영 | **출판등록** 1993년 10월 22일 제2003-000045호
주소 10881 경기도 파주시 회동길 210 | **전자우편** kids@munhak.com
홈페이지 www.munhak.com | **카페** cafe.naver.com/mhdn
트위터 @kidsmunhak | **인스타그램** @kidsmunhak
북클럽 bookclubmunhak.com | **대표전화** (031)955-8888
팩스 (031)955-8855 | **문의전화** (031)955-3576(마케팅) (02)3144-3242(편집)
ISBN 978-89-546-7030-2 03810